Für Bertram und meinen Bruder Eddie

Über die Autorin

Elizabeth Kott wuchs in den 50er Jahren als echtes Burenmädchen in Südafrika auf, wo sie eine glückliche Kindheit erlebte. Ihre Muttersprache ist Afrikaans. Das Buch (in Deutsch und Englisch) entstand zuerst als Vergangenheitsbewältigung, um den Verlust ihrer Farm und Heimat zu verarbeiten. Zusätzlich wurden fiktive Themen eingefügt. Daraus wurde dann ein Roman.

Als junges Mädchen wurde sie aus der schönen Umgebung von Stellenbosch in die raue Wirklichkeit des südlichen Schwedens gebracht wo sie zuerst die Sprache lernen sollte. Über viele Umwege kam sie nach Holland, dann nach Belgien, um im erwachsenen Alter wieder nach Südafrika zu gehen. Allerdings blieb sie nicht dort, sondern kam wieder nach Europa zurück. Mit ihrem deutschen Mann war sie 35 Jahre glücklich verheiratet, bis er unerwartet an einem Herzstillstand starb.

Die Autorin beschreibt den Verlust ihrer Heimat, und ihre Kindheitserinnerungen führen den Leser in das Südafrika der 50er Jahre mit einer Beschreibung der Apartheid. Die Naturbeschreibungen erwecken beim Leser den Wunsch, selbst dieses wunderschöne Land zu besuchen.

ELIZABETH KOTT

WATERFALLS,

EINE FARM IN SÜDAFRIKA

Verlorene Heimat – Abenteuer in der Türkei

Impressum:

© 2014 Elizabeth Kott

Foto Buchumschlag: Elizabeth Kott
Bildnachweis: Elizabeth Kott
Lektorat, Satz u. Covergestaltung: Angelika Fleckenstein, spotstock.de

Verlag: tredition GmbH, Hamburg

ISBN: 978-3-8495-5146-9

Printed in Germany

Bibliografische Information der Deutschen Nationalbibliothek: Die Deutsche Nationalbibliothek verzeichnet diese Publikation in der Deutschen Nationalbibliografie; detaillierte bibliografische Daten sind im Internet über http://dnb.d-nb.de abrufbar.

Inhaltsverzeichnis

Kapitel I

Waterfalls

D as eintönige, rhythmische Geklapper der Räder über die Bohlen, ließ sie in ein Gefühl der Schwere versinken. Sie berührte die alte Ledertasche auf ihrem Schoß mit einem Gefühl von Vertrautheit, und ihre Finger suchten die beruhigende Härte des Papiers in einem der verschlissenen Innenfächer. Irgendwann war die Ledertasche neu gewesen und hatte nach Leder und Politur gerochen. Sie war ein Geschenk ihres Mannes. Jetzt war das Leder brüchig geworden und die Oberfläche durch das viele Hantieren weich und matt. Die Reise hatte ungemein viel Geld gekostet. Für eine neue Garderobe mit neuen Schuhen - geschweige denn eine neue Tasche - war einfach nichts mehr übrig gewesen.

Die Worte auf dem Papier kannte sie schon längst auswendig. Wie oft nur hatte sie sie schon gelesen, seit diesem verhängnisvollen Tag, an dem sie den Brief in ihrem Briefkasten fand?

„Wenn du noch einmal unser altes Haus und die Farm sehen möchtest, bevor alles vernichtet wird, dann komm. Wir werden gemeinsam hingehen...“

Es waren die Worte ihres Bruders, die sie zusammenzucken ließen, als sie sie las. So viele Jahre waren vergangen. So weit entfernt voneinander waren sie aufgewachsen, haben gelebt und gelitten, und nun führten die alten Kindheitserinnerungen sie doch wieder zusammen.

Sie hatte gezögert und wollte erst nicht reisen. So viel Geld…! Woher sollte sie es nehmen? Ihr bescheidenes Einkommen im Büro reichte gerade mal zum Leben, schon lange nicht mehr zum Reisen. Sie hatte den Brief auch nicht sofort geöffnet, sondern trug ihn in ihre Wohnung und brühte sich zuerst einen Tee. Als ob sie in ihrer Umgebung Trost und Rat suchte, lief sie in ihrer kleinen Wohnung hin und her und betrachtete die ihr so vertrauten Gegenstände. Schon lange war diese Wohnung ihr einziger Halt im Leben. Schon lange betrat niemand mehr ihre vier Wände.

Auf dem Schreibtisch stand ein Foto von einem jungen, hübschen Mann. Die Augen lachten und strahlten Zuversicht und Liebe aus. In seinen Armen trug er ein Kätzchen, rabenschwarz, nur die gelben Augen in dem Gesichtchen leuchteten. Sie strich zärtlich mit den Fingern über das Bild. Das alte Gefühl von Trauer und Wehmut überkam sie. Schließlich jedoch riss sie entschlossen den Brief auf und las ihn.

Was soll ich noch hier, dachte sie. Hier ist doch nichts mehr geblieben. Nicht einmal die paar Pflanzen - die auch nicht recht gedeihen wollten - konnten sie dann von ihrem Entschluss abhalten. Nein, sie würde gehen.

Die Tage, an denen sie alles vorbereitete, vergingen wie im Flug, und sie bewegte sich wie in einer Trance. Sie kündigte ihre Arbeitsstelle, gab die Wohnung auf und verschenkte die Pflanzen. Dann war es plötzlich so weit. Sie stand in ihrer Wohnung, die sie nun hinter sich lassen würde, und betrachtete ihr Gesicht im Spiegel. Die grünen Augen, die früher nur so sprühten von Leben und so viele Menschen in ihren Zauber hineingezogen hatten, lagen jetzt dunkel umschattet und tief in ihrem schmalen Gesicht. Die Wangen waren bleich und eingefallen. Der Mund, der so gern geküsst hatte, war hart und schmal geworden. Sie strich ihr Haar zurück und benutzte zum ersten Mal, seit dem Tod ihres geliebten Mannes, wieder Lippenstift.

„Noch einmal leben", flüsterte sie ihrem Spiegelbild zu.

Das Geklapper der Räder trug sie in Träume hinein. Als sie durch das schmutzige Fenster nach draußen schaute, brachte das verdorrte Gelb der Steppe die Erinnerungen rasch zurück…

Sie war neun oder vielleicht zehn gewesen und lag lang ausgestreckt hinten im Wagen. Alles roch nach Staub und Hitze. Die Kleider klebten an ihrem Körper. Die Straße war gerade und streckte sich endlos in die Wüste hinein. Ihr war schlecht, hundselend. Wenn sie die Augen öffnete, überkamen sie Wellen von Übelkeit. Vorne im Wagen sprachen ihre Eltern miteinander. Die Motorengeräusche des Wagens verschleierten die Worte. Nur Töne drangen zu ihr durch.

„Papa, mir ist schlecht", konnte sie gerade noch herausbringen, als sie sich schon wieder übergeben musste. Ihr Körperchen zuckte zusammen. Ihr Brustkorb tat weh. Ihre Mutter kühlte ihr das Gesicht mit Wasser, das sie aus einer kleinen leinenen Wasserflasche goss, die im Fahrtwind an der Stoßstange hing. Es enthielt herrlich

kühles Wasser. Sie lief ein paar Schritte um den Wagen mit ihr. Nur die endlosen Weiten waren zu sehen und tanzende Hitzewellen flirrten über der Straße. Kein anderes Auto, kein Mensch rührte sich in dieser von Gott verlassenen Gegend. Sie war ein Kind, es ging ihr furchtbar elend, sodass sie die wunderbaren Farben der Landschaft gar nicht wahrnehmen konnte. Die für sie so eintönig wirkende Landschaft spiegelte alle Farben des Regenbogens. Tiefes Purpur wechselte sich mit Veilchenblau und Gold ab. Die Dornensträucher am Rand der Straße formten obskure Gestalten, aber das Olivgrün der Blättchen und das Weiß der Dornen umrandete diese herrlichen Gebilde. Auch waren sie gar nicht allein. Große Tausendfüßer krochen über die verbrannte Erde. Wespen flogen von einem winzigen Blütchen einer Akazie zur anderen. Ein Chamäleon kroch langsam hinter die Zweige eines Dornbusches und versteckte sich, als der Wagen hielt. Gleichzeitig riss das Gezirpe der Zikaden sofort ab.

Sie waren zu viert – ihr Bruder war dabei - und doch konnte sie sich überhaupt nicht an ihn erinnern. Waren sie sich schon damals so fremd…?

Pieter und ich

Die Landschaft, durch die der Zug fuhr, war noch die gleiche, nur jetzt nahmen ihre Augen die Farben bewusst und aufmerksam wahr. Ihr fiel auf, dass die endlosen Weiten doch eigentlich gar nicht so endlos waren. Kleine wellende Hügel, ‚Koppies‘ genannt, unterbrachen die Ebene und waren die Ausläufer der hohen Berge, die sie noch überqueren musste. Die gleichen, einfachen, weißen Häuschen mit Wellblechdächern, welche die Sonnenstrahlen spiegelten, standen auch noch am Straßenrand, und drinnen würde es sicher noch genau wie früher sein. Der Coca-Cola Automat in der Ecke, der Decken-ventilator, das Gesumme der Fliegen, von denen einige an den langen herun-terhängenden Fliegenfängern kleben blieben, ein paar alte Tische und Stühle. Das waren die alten Rastplätze an dieser ewigen Straße, in Richtung Süden. Schwarzen, die auf leisen, nackten Sohlen angeschlichen kamen, konnte man riechen. Nicht Schweiß oder so, nein, sie verströmten den Geruch der Wildnis. Die Bewegungen waren so geschmeidig wie die eines Tieres, das auf der Lauer liegt, fertig zum Sprung. So waren sie ihr eigentlich immer vorgekom-men, wie gefangene Tiere, nie richtig zu Hause in diesem Land. Aber das war ein altes Vorurteil...

Die Berge wurden nun immer höher. Auch die Farben änderten sich. Je höher der Zug fuhr, desto grüner wurde die Landschaft. Dies waren die Hex Revier Berge. Der Weg schlängelte sich jetzt durch tiefe Schluchten, und weit unten grub ein Flüsschen mit silbernem Band Kalligraphien in die Wände.

Irgendwo muss der Kaffeefluss sein, dachte sie. Das Wasser war kaffee-braun, wahrscheinlich durch eisenhaltige Mineralien verfärbt. Sie erinnerte sich noch an den Geschmack des Wassers und an das Gefühl, wenn sie es in ihren Händen auffing und über ihr Gesicht fließen ließ. Es war eiskalt. Die nackten Füße konnten keine Minute lang darin aushalten. Egal, wie heiß es draußen war, die Kälte des Wassers blieb. Wasser hat sie immer fasziniert. Sie wollte hineinschauen und damit spielen, und am schönsten war es, wenn sie etwas in einem Bach oder Fluss entdecken konnte. Kleine Fische zum Beispiel, oder manchmal Flusskrebse. Ob die noch da waren, oder waren auch hier alle Bäche und Flüsse vergiftet?

Die Dämmerung ließ die Landschaft nur noch schemenhaft erkennen. Der Himmel war rot gefärbt, und auch die höchsten Schluchten schimmerten noch rötlich. Vögel flogen jetzt unruhig hin und her und suchten ihren Nistplatz. Die Nacht barg viele Gefahren.

Die Nacht brachte auch Träume...

Sie lehnte sich zurück und schloss die Augen. Sofort war es da, das geliebte Ge-sicht, das sie so oft gemalt hatte. Die schönen blauen Augen sahen sie an und lächelten zärtlich. Sie fühlte die starken, beschützenden Arme, die sie hielten, und atmete an seinem Hals den vertrauten Geruch ein. So oft hatte er sie so gehalten.... Alle Angst und Unruhe wich immer von ihr. Sie waren so eins, sie beide. Der eine schien ohne den anderen nicht lebensfähig. Eigentlich war sie immer die Stärkere, zumindest seelisch, aber immer ergänzten sie sich so, dass sie als Einheit lebten. Die Gedanken waren dieselben, die Wünsche und auch der Ärger. Wie hatte sie ihn geliebt…!

Sie versuchte angestrengt, nur die glücklichen Erinnerungen aufkommen zu lassen, wie sie lachten und Freude an so vielem hatten. Wie sie Forschung betrieben und sich immer voller Neugier, wie die Kinder, in neue Abenteuer stürzten. Es gab so viele Abenteuer. Nie war das Leben mit ihm langweilig.

Wie ein schwarzes Tuch breitete sich jedoch die Trauer als dunkles Tuch über ihre Erinnerungen aus. *…die vielen Stunden, in denen sie an seinem Bett saß und ihm vorlas, oder einfach nur seine Hand hielt. Wie hatte sie mit ihm gelitten. Die Verzweiflung, sein Leid nicht lindern zu können, hatte sie fast in den Wahnsinn getrieben. So manche Nacht hatte sie sich in den Schlaf geweint.*

„Ich gehe mit dir", hatte sie geflüstert und wollte nicht mehr leben und doch musste sie mit ansehen, wie er in der Erde versank, während sie zurückbleiben musste. Dann ging alles so schnell. So vieles musste erledigt werden, Behördengänge, endlose Papierfluten. Es war dann einfach zu spät. Sie musste weitermachen, obwohl ihre Seele nach der Erlösung durch den Tod schrie. Wie konnte sie noch fortbestehen ohne ihn? Wie konnte sie noch da sein?

Die Gewohnheiten des Alltags ließen allmählich ihre Trauer versinken. Doch während den Nächten dachte sie, in der Einsamkeit ihrer Wohnung schier verrückt zu werden...

Der Schlaf erlöste sie von den peinigenden Gedanken und brachte sie immer näher an ihre Kindheit, wo die Welt noch in Ordnung war und viele glückliche Stunden sie begleiteten.

Eine Stimme im Lautsprecher weckte sie aus einem tiefen Schlaf und kündigte die nahe Ankunft in Kapstadt, Hauptbahnhof, an. Sie streckte ihre steifen Glieder und Unruhe überkam sie. Würde sie ihren Bruder überhaupt noch erkennen? Wie viele Jahre waren seitdem eigentlich vergangen?

Der Zug rollte laut dröhnend in den Bahnhof ein, und schrille Stimmen im Lautsprecher, Getöse und Gewimmel auf den Gleisen brachen ihre Gedanken. Sie erkannte nichts. Die Ecke, wo immer eine Farbige saß und Blumen verkaufte, gab es nicht mehr. Die Schwarzen mit ihren Perlentüchlein und Handwerksarbeiten waren auch nicht mehr zu sehen. Es blieben nur der rohe Beton und ungezählte Leute und noch viel mehr Lärm. Der Zug hielt mit Ächzen und Stöhnen. Dann stand sie plötzlich draußen. Sie kam sich so verloren vor in ihrer eigentlichen Heimat. Die Stimmen waren ihr fremd, die Gerüche.

Sie hatte sich mit ihrem Bruder am Eingang verabredet, und sie lief jetzt schnell dorthin. Draußen war es unglaublich hell nach dem Dämmerlicht im Inneren des Bahnhofsgebäudes.

Eine Stimme erreichte sie durch den Lärm der Straße.

„Marie, bist du es?" Dann erkannte sie ihn wieder, eigentlich nur an der Stimme.

„Pieter?", entgegnete sie unsicher, und er kam auf sie zu. Eine Weile standen sie verlegen da und schauten sich nur an, dann fiel sie in seine Arme.

„Ich habe dich nicht erkannt", sagte sie wahrheitsgemäß etwas beschämt, und er nickte.

„Wir sind älter geworden, Marie", sagte er mit sanfter Stimme.

Pieter war viel kleiner als sie ihn in Erinnerung hatte, und völlig kahl. Es schien ihm gut zu gehen, denn er sah wohlgenährt aus. Er hatte einen zufriedenen Blick. Ein bisschen zu dick für seine Größe, fand sie. „Wie ein Apfelmännchen", fiel ihr ein.

Sie war dankbar, dass sie allein waren, und dass Pieters Frau nicht mitgekommen war. Es waren schließlich ihre Kindheitserinnerungen. Da war zunächst kein Platz für andere.

„Geht es dir gut?", fragte sie, während sie zum Auto liefen.

Er lachte, und als sie ihn ansah, sah sie das Gesicht ihres Vaters vor sich. Die gleichen Augen, das Kinn und der Mund.

„Ja, dir nicht?", fragte er verwundert.

Er wusste schließlich nichts von ihrem Schmerz. Sie antwortete lieber nicht und sah dann erstaunt, dass sie die Gegend doch wieder erkannte.

Sie fuhren jetzt durch einen langen Boulevard, direkt am Meer entlang. In der Mitte wuchsen Oleander und andere wunderschön farbige Blumen. Der

Weg ging steil nach oben und ermöglichte einen herrlichen Blick auf den Hafen und das Meer. Das Meer schimmerte kobaltblau, wie es für Südafrika ganz typisch war. Kleine weiße Pünktchen auf der Wasseroberfläche – Schaumkämme - zeigten einen windigen Tag an, denn wie immer am Kap wehte der Wind, der Süd-Oster genannt wird.

Sie bogen in eine Schotterstraße ein, umsäumt von Eukalyptusbäumen, die um diese Jahreszeit in voller Blüte standen. Pferde weideten auf einer Wiese. Ein paar Kinder spielten zwischen den Blumen.

Das Geknirsche der Wagenräder auf dem Kies durchbrach die Stille. Ein Hotel im kapholländischen Stil ragte zwischen den Bäumen hervor. Es war das Hotel King George! Es war das erste Hotel, in dem sie geschlafen hatten, als sie 1958 von Pretoria nach Kapstadt fuhren, um einem neuen Abenteuer entgegenzugehen.

Zwei Windhunde stürzten mit Freudengebell aus den Büschen und begrüßten die beiden. Von oben, von der gleichen Terrasse wie damals, konnten sie weit über die Ebene schauen und tief unten das Meer sehen. Wenn sie sich umdrehten, sahen sie sogar noch den Tafelberg zwischen den Bäumen.

Drinnen roch es nach Südafrika. Roter Bohnerwachs auf dem ‚Stoep' (Veranda), stolz glänzend und im halbdunklen Flur die Gerüche von frisch gebohnerten Möbeln. Auch hier war wieder dieser Geruch von Wildnis zu riechen, verströmt durch die Schwarzen, die lautlos von einem Zimmer zum anderen schlichen.

„Wir werden hier nur etwas trinken, dann fahren wir weiter", sagte ihr Bruder und bestellte für sie einen Tee.

Nach so vielen Jahren war es schwierig ein lockeres Gespräch anzufangen, und so saßen sie sich zuerst schweigend gegenüber.

„Südafrika ist genauso schön wie früher", sagte sie endlich und bewunderte die Blumen und die kleinen Bienenfresser, die emsig, mit unglaublicher Geschwindigkeit, von einer Blüte zur anderen flogen.

„Ja, nicht wahr?", antwortete ihr Bruder und freute sich auch an der Schönheit der Umgebung.

„Wir werden genau den gleichen Weg nehmen, den damals unsere Eltern nahmen auf ihrer großen Reise in den Süden. Wir werden die gleichen Hotels aufsuchen, und, soweit wir uns noch erinnern können, auch die gleichen Cafés", sagte ihr Bruder und schaute auf seine Uhr. „Komm, wir müssen gehen."

Dann fiel ihr das unheimliche, geheimnisvolle Hotel in Lynndock, Glenneagles genannt ein.

„Werden wir auch Glenneagles besuchen?", fragte sie hoffnungsvoll. „Ich hatte damals so viel Angst dort."

Sie erinnerte sich noch genau. Die schmale Schotterstraße mit Pinien und dann das Hotel gegen den Berg. Weiß getüncht mit rotem Dach im kapholländischen Stil, mit zwei Vorbauten an jeder Seite. Die Straße machte einen Bogen, um dann in einem Kreis wieder zurückzuführen. In der Mitte waren ein Schwimmbad und grüner Rasen. Überall Cannas in dem wunderschön angelegten Garten.

Was ihr jedoch damals Angst gemacht hatte, war die Äußerung ihres Vaters, der den Ort kannte. Noch nie war er jemals da gewesen, doch beschrieb er Bauten, die nicht mehr zu sehen waren, beschrieb Ställe, die als Wohnzimmer ausgebaut wurden und auch die Molkerei, mit einem unterirdischen Flüsschen. Der Eigentümer, ein Schotte, war entsetzt über die Beschreibung, denn genau so war es - allerdings vor 100 Jahren!

Irgendetwas stimmte mit dem Hotel nicht. Außerdem waren überhaupt keine Gäste da. Sie waren damals allein. Ihr Zimmer lag im zweiten Stock, in einer Art Nische, mit dem Blick nach hinten auf den Berg und einen Teich. Man hatte das Gefühl, dass man nicht allein war. Überall war die Gegenwart von etwas, nur sah man nichts. Nachts knirschte der Holzfußboden so, als ob jemand darauf herumlief. Sogar die alte Standuhr im Flur kündigte Unheil an.

Nur passierte nichts. Es waren wahrscheinlich Kinderphantasien, die gerne das Unheimliche hinaufbeschworen.

Jedoch überkam sie ein herrliches Gefühl des Gruselns, als sie an einem Tag einen geheimnisvollen Gang entdeckte, der mit einem sehr niedrigen Türchen endete, unterhalb der Treppe. Er war so niedrig, dass Erwachsene sich nur tief gebückt darin bewegen konnten, aber sie konnte mit Hilfe einer Taschenlampe tief hineinkriechen. Es war kalt in dem Gang, und sie musste ständig Spinnweben wegwischen. Auf jeder Seite waren merkwürdige Schubladen zu erkennen, die verrostete Messinggriffe hat-

ten. Der Versuch, eine Schublade aufzuziehen missglückte jedoch. Sie saß fest. Dann war da plötzlich ein zweiter Gang, der links abbog. Sie stand wie versteinert da und wusste nicht, was sie machen sollte. Sollte sie da hineingehen oder nicht? Eine innere Stimme riet ihr jedoch, lieber geradeaus zu gehen. Wer weiß, wo der Weg hinführte? Der Gang, in dem sie sich bewegte, wurde noch niedriger, um dann plötzlich mit einem Holzfenster zu enden.

Was dann geschah, war herrlich. Sie drückte gegen das Fenster mit ihrem vollen Gewicht, es flog auf, sie hindurch, um mitten in einem Bügelraum zu landen, wo nur noch Staubwolken die Gegenwart von einigen Schwarzen, die dort bügelten, anzeigten. Das Geschrei wollte überhaupt nicht mehr verstummen! Glücklicherweise hatte sie sich nicht verletzt, und so konnte sie, völlig verstaubt und mit Spinnweben beklebt, wieder aufstehen. Was nun aber dieser Gang war, wo er hinführte und was er zu bedeuten hatte, erfuhr sie nie. Das Geheimnis wurde nie erkannt.

„Freust du dich, wieder hier zu sein?", unterbrach ihr Bruder ihre Träume.

„Oh ja, schon. Obwohl ich eigentlich nie wieder zurückkehren wollte."

„Warum denn nicht?", fragte er verwundert. „Warst du denn nicht glücklich hier, und wolltest du nie deine alte Heimat wiedersehen?"

„Ach, es ist so lange her", sagte sie, unschlüssig, ob sie sich ihm anvertrauen wollte, „so vieles lag dazwischen."

„Du hast mir nie geschrieben. Ich weiß nicht einmal, wie es dir ging, ob du jemals verheiratet warst", sagte ihr Bruder mit einem Anflug von Vertrautheit. „Willst du es mir erzählen? Wir haben noch lange zu fahren."

Dann erzählte sie es ihm. Die Geschichte ihres Glücks und ihr Leid. Sie wagte es nicht, ihn anzusehen, und sie kämpfte mit den Tränen, denn bis jetzt hatte sie mit niemandem darüber gesprochen. Ihre Hände fassten schon wieder die alte, verschlissene Tasche und bewegten sich nervös. Er legte seine Hand auf die ihre und drückte sie sanft.

Es wurde bereits dunkel, als sie Glenneagles erreichten. Der erste Eindruck ließ sie staunen. Das so gewaltige, riesige Hotel war eigentlich gar nicht so groß. Der Putz fiel schon von den Wänden, und mancher Dachziegel fehlte. Das Gras war verdorrt und schon seit langem nicht mehr gemäht worden. Im Schwimmbad waren Kacheln und Anstrich brüchig geworden und es befand sich kein Wasser darin. Dreck lag in einer Ecke. Die Cannas säumten nicht mehr die Straße. Nur wilde Blumen und Pflanzen wuchsen dort. Auf einem Schild mit schmutzigen, handgeschriebenen Lettern war ‚For Sale‘ zu lesen. Da war niemand mehr, und ob ein Käufer kam oder nicht, schein auch egal. Alles war verschlossen. Glenneagles würde sein Geheimnis der unterirdischen Gänge nun niemals preisgeben…

Notgedrungen übernachteten sie dann in einem neutralen Hotel an der Straße. Am nächsten Morgen wollten sie früh weiterfahren.

Der Weg führte jetzt durch endlose Weinberge, und die hohen Stellenbosch Berge ragten über die Ebene. An den Hängen der Berge lagen noch die alten Farmhäuser, umrahmt von kleinen weiß getünchten Mäuerchen. Der Stil war immer der gleiche. Der schöne, alte kapolländische Stil. Als sich der Weg zum letzten Mal um die Berge schlängelte, erschien im Tal die Stadt Stellenbosch.

Sofort waren die Erinnerungen wieder da...

Das Gefühl der heißen Straße unter ihren nackten Kinderfüßchen. Die Gerüche der kleinen griechischen Gemüseläden, wo man alles kaufen konnte, aber vor allem Comics. Mit der neu erworbenen Lektüre hatte man sich dann auf den breiten Gehsteig gesetzt, die Füße in dem Bächlein, das immer kühles Wasser führte und entweder gelesen oder die Schwarzen betrachtet, die versuchten, im ‚Bottle Store‘ Whiskey zu kaufen. Meistens wurde er ihnen verweigert, aber manchmal bekam doch der eine oder andere, der im Laden bekannt war, eine Flasche. Oft endete die ganze Angelegenheit in einem fürchterlichen Streit, was unheimlich aufregend war.

Stellenbosch war immer kühl. Vor allem durch die hohen Eichen die ihren Schatten über Mensch und Tier warfen. Im Schatten lagen die Schwarzen und Hunde zusammen, als wären sie tot. Wegen der herrlichen Bäume bekam die Stadt auch den Namen ‚Eichenstadt‘.

Sehr aufregend war auch der Kolonialwarenladen, wo ihre Eltern Samen und Hühnerfutter kauften. Sie schlich immer hinten im Laden herum und probierte aus den Leinensäcken den Geschmack des Hühnerfutters. Es schmeckte meistens ein bisschen nach Fisch und ziemlich derb. Sie pickte sich die kleinen Krebschen heraus, die in das Futter gemischt worden waren. Am schönsten waren die Säcke mit Trockenobst. Da tauchte sie dann ganz mit den Ärmchen ein und stopfte so viel sie konnte, in den Mund. Aber wehe, wenn man sie dabei ertappte. Dann gab es Zunder…!

Sie fuhren jetzt durch Straßen, die sie nicht mehr kannte. Die alten Eichen waren nun riesengroß und formten ein Dach über den Straßen. Mit Freude sah sie, dass die Häuser so geblieben waren wie in ihrer Erinnerung. Entweder die schönen kapholländischen oder die ärmlicheren mit rotem Wellblechdach. Zumindest in diesem Teil der Stadt gab es nur wenige Neubauten und keine Hochhäuser zu sehen. Jetzt bogen sie in die alte Hauptstraße ein. Dort war alles so geblieben wie in ihrer Kindheit!

„Erinnerst du dich noch, wo Papa seine Praxis hatte?", fragte ihr Bruder.

„Ja, es ist wie gestern!", antwortete sie, überwältigt von den Eindrücken und den Erinnerungen.

Sie erinnerte sich, wie sie ihren Vater nach der Schule in seiner Praxis besuchte, voller Ehrfurcht in das kühle Gebäude eintrat und auf den Fahrstuhl wartete, der sie in den 3. Stock brachte. Es war ein Komplex, in dem verschiedene Ärzte, Zahnärzte und auch Apotheker zusammen untergebracht waren und sich auch gegenseitig unterstützten, wo viel Kollegialität unter den Kollegen herrschte. Besonders die langen Gänge hatten ihr immer Angst gemacht. Sie war jedes Mal erleichtert, wenn sie das Sprechzimmer ihres Vaters endlich erreichte. Es war sehr steril in diesen Räumen, und es roch stets nach irgendwelchen Desinfektionsmitteln und Gewürznelken. Dieses angenehme Gefühl des Gruselns packte sie auch, wenn sie das Schrillen, Zirren und Pfeifen des Bohrers hörte und oft spähte sie durch die offene Tür. Meistens sah sie dann nur den Rücken des geliebten Vaters und hörte seine beruhigende Stimme, wie er mit seinem Patienten sprach. Wenn er sie dann aber sah, rief er sie herein und sagte stolz, „das ist meine Tochter."

Mit viel Glück hatte er manchmal ein bisschen Zeit, weil ein Patient abgesagt hatte. Dann ging er mit ihr in das Café auf der anderen Seite der Straße. Das Allerherrlichste waren Pfannkuchen und danach Toast mit Käse und Tomaten belegt. Mhm, sie schmeckte es heute noch!

Meistens musste sie noch etwa eine Stunde auf ihn warten, bis er fertig war, und dann setzte sie sich in den kleinen Park vor der Bibliothek und las eines der Bücher, das sie ausgeliehen hatte. Jede Woche fuhr die ganze Familie zur Bibliothek und kam mit allerlei Leseschätzen zurück. Die Nächte waren dann lang. Man las nur im Schein einer Taschenlampe unter die Bettdecke.

Der Weg zur Farm war etwa acht Kilometer von Stellenbosch entfernt, aber ihr Vater fuhr meistens während der Mittagpause nach Hause. Dann nahm er sie immer mit....

Jetzt war es ihr Bruder, der diesen gleichen Weg einschlug und durch die gleichen Straßen fuhr. Sie fuhren am Haus ihrer damaligen Schulkameradin vorbei, aber jetzt spielten andere Kinder mit anderen Haustieren und andere Eltern riefen sie zum Mittagessen.

„Fahr bitte langsam. Ich möchte sehen, ob der alte Avocadobaum noch steht", flehte sie ihren Bruder an, als sie an dem Grundstück vorbeifuhren. Er war nicht mehr da. Stattdessen wurde ein Schwimmbad gebaut und der Rasen zubetoniert. Der ‚Fortschritt' war auch hier angekommen.

Die vertraute Straße durch die Berge hatte sich jedoch nicht geändert. Die alten Farmen mit langgestreckten Weinbergen waren immer noch die gleichen. Nur die Besitzer hatten vermutlich gewechselt. Die Schwarzen denen sie begegneten, auf ihrem langen Weg zu Fuß, in die Stadt, befremdete sie.

Ihr Vater nahm oft einige von ihnen mit dem Auto mit, und wenn er allein eine Frau mitnahm, musste diese laut Gesetz hinten sitzen.

Die Kinder auf den Farmen wuchsen mit den schwarzen Kindern auf, sie spielten zusammen, und die schwarzen Frauen säugten sogar die weißen Babys und trugen sie auf dem Rücken. Wenn die Kinder ein Alter von ungefähr fünfzehn oder sechzehn Jahren erreichten, war es dann plötzlich verboten, miteinander umzugehen. Dann war der Weiße der ‚Baas'. Das kam ihr als Kind schon so merkwürdig vor, und sie hat es nie verstanden....

Jetzt sah sie den Fluss.

Viele herrliche Spiele hatte sie an seinen Ufern zwischen dem Schilf gespielt. Meistens war sie allein, aber manchmal waren auch Nachbarskinder dabei. Sie war immer die Anführerin, weil sie so viele gute Ideen hatte und sich mit ihrer Phantasie die schönsten Geschichten ausdachte. Geschichten, in denen jeder mitspielen konnte. Meistens waren es irgendwelche Abenteuer. Der Fluss spielte eine große Rolle. Sie waren dann Schiffbrüchige oder Entdecker und fanden fremde Länder....

An der einzigen Brücke über den Fluss hielt ihr Bruder an.

„Erinnerst du dich noch an den Tag, als die Brücke weggespült wurde?", fragte er.

Und wie sie sich noch daran erinnerte...

Es hatte tagelang geregnet. Der Fluss, sonst so sanft und schläfrig, hatte sich in eine reißende Furie verwandelt. Große, entwurzelte Bäume schleuderte er wie Streichhölzer von einer Seite zur anderen.

Ein Anruf von einem Nachbarn hatte ihre Mutter gewarnt, den Vater mit dem Auto über die Brücke zu lassen, sie konnte jeden Moment weggespült werden. Sie fuhren dann mit ihrer Mutter zum Fluss, etwa 2 km von der Farm entfernt. Sie waren gerade rechtzeitig dort, als ihr Vater mit seinem Auto ankam. Damals war die Brücke eine schmale Holzbrücke, ohne Geländer. Es war manchmal ein Wunder, dass ihre Eltern heil nach Hause kamen, wenn sie von einer Party zurückkehrten. Ein Witz ihres Vaters war noch: „Welche der drei Brücken nehmen wir denn heute? Hick... Ach, nehme ich einfach die mittlere."

Das ohrenbetäubende Getöse des Wassers machte ihre lautesten Schreie unhörbar, aber Gott sei Dank hatte ihr Vater sie gesehen. Ihr hektisches Winken hatte er dann auch verstanden, und er ließ den Wagen stehen. Gerade, als er zu Fuß über die Brücke zu ihnen kommen wollte, obwohl die ersten dunkelbraunen Wassermassen schon über sie hinwegspülten, riss sie fort! Der Papa stand verloren am anderen Ufer, durchnässt vom Dauerregen.

„Papa hat seinen Pyjama nicht dabei!", rief sie entsetzt. Als ob das das Wichtigste war.

Ihr Nachbar, der auch am anderen Ufer stand, nahm ihn dann mit zu sich nach Hause. Eine Woche musste er bei ihm wohnen. Sie hatten während dieser Zeit keinen Kontakt zueinander. Später, als der Regen nachließ und das Wasser des Flusses wieder gesunken war, bauten die Schwarzen eine Hängebrücke von Baum zum Baum. Sie war entsetzlich primitiv und für Erwachsene bestimmt gefährlich, doch die Kinder fanden sie prächtig. Ihr Vater kam jetzt abends nach Hause, abgeholt von der ganzen Familie. Ihre arme Mutter musste Todesängste ausgestanden haben, als er auf Händen und Knien über die Brücke kroch.

Diese Geschichte war dann auch der Anlas, dass sie eine Brücke aus Beton bauten, hässlich, aber stabil. Kein Regen konnte sie mehr wegspülen....

Sie fuhren jetzt über diese Brücke. Sogar der Beton war brüchig geworden und zeigte Löcher und Risse. Der Fluss führte wenig Wasser um diese Zeit, und die Steine auf dem Boden lagen in der Strömung. Genau wie in ihrer Erinnerung bog die Straße nach rechts ab zu einem merkwürdigen Farmhaus.

Merkwürdig deshalb, weil ein Baum mitten im Wohnzimmer stand und mit der Krone durch die Decke und das Dach stach. Sie hatte nie verstanden, wie die Räume trocken bleiben konnten, wenn es regnete. Die Menschen, die dort wohnten, waren auch nicht ganz normal. Irgendwie wurde immer im Flüsterton über sie gesprochen. Es war den Kindern verboten, sie zu besuchen. Was aber genau dahinter steckte, hatte sie niemals erfahren….

„Kennst du eigentlich das Geheimnis der Porters?", fragte sie jetzt ihren Bruder.

„Ach", sagte er ein wenig angeekelt. „Sie haben immer irgendwelche Orgien gefeiert, und sie waren wohl ziemlich wild. Sie wollten, dass unsere Eltern mitmachten, was diese natürlich nie taten."

Das war sie also! So eine Geschichte!

Der kleine Feldweg, auf dem sie jetzt fuhren, brachte sie an dem Häuschen vorbei, das die Eltern für ihre Farmarbeiter gebaut hatten.

Es war ein einfaches Häuschen, aber mit Bad und Küche, sehr modern für die damalige Zeit. Mit einem Garten mit Blumen und Gemüse, das sie selbst pflegen und ernten konnten. Hinter dem Häuschen wurde ein Schwein gehalten, das sie immer faszinierte. Sie probierte öfters es anzufassen und zu streicheln, aber das Schwein zuckte und zog sich zurück, wenn ihre Hand das borstige Fell berührte. Am interessantesten war die nasse Schnauze, die suchend in die Luft stach. Das Schwein wurde gut versorgt. Es hatte immer ein trockenes Plätzchen zum Schlafen.

Jetzt erschien der Baum an dem das Schild mit dem Namen ihrer Farm hing.

‚Waterfalls', las sie stolz. Man hatte den Namen nicht geändert. Soweit sie sich erinnern konnte, hing das Schild am gleichen Ort.

„Warte noch ein bisschen. Lass uns doch noch von hier unten schauen", bat sie ihren Bruder. Sie hatte jetzt entsetzliches Herzklopfen. Es war alles so nah.

Der Weg ging steil nach oben und in der Ferne konnte sie das Farmhaus ausmachen. Wie viele hundertmal in der Vergangenheit blickte sie auf die Natursteinmauer des ‚Damms'…

Ein Schwimmbad konnte man es nicht nennen. Es war vollkommen aus Naturstein gebaut und das Wasser kam direkt aus dem Berg, eben aus diesen Wasserfällen, von denen die Farm ihren Namen erhalten hatte. Weil das Wasser naturrein war, und Chemikalien nie eingesetzt wurden, war es eine Art Naturteich, aber tief genug, herrlich darin zu baden. Unten auf dem Boden schwammen Frösche, manchmal fanden sie sogar eine Schlange darin. Schlangen schwimmen eben gern. Die Frösche waren willkommen auf deren Speisezettel.

Nachts machten sie jedoch einen Höllenlärm. Mit Taschenlampe gewappnet ging sie mit ihrer Mutter und ihrem Bruder Frösche fangen. Wenn man das Licht der Lampe auf den quakenden Frosch richtete, sah man, wie er seinen Kehlsack aufblähte und mit Hingabe sein Liedchen sang. Im Schein des Lichtes saßen sie merkwürdigerweise bewegungslos. Man konnte sie leicht mit der Hand fangen. In einem mitgebrachten Eimer wurden sie dann vorsichtig gepackt, im Badezimmer aufbewahrt und am nächsten Morgen durften die Kinder sie wieder in den Fluss, wo sie ursprünglich herkamen, zurückbringen. Aber am Abend waren sie wieder da!

Schöne Spiele haben sie in dem Schwimmbad gespielt. Eine alte Zinkwanne diente als Boot, oder ganz interessant, auch als Luftspender unter Wasser. Wenn man das Ding umdrehte und es schräg nach unten zog, aber so, dass Luft im oberen Drittel blieb, konnte man unter Wasser atmen. Da fühlte sie sich immer sehr sicher, unsichtbar für diese Welt.

Der breite Rand des Schwimmbades diente ihr öfters als Weg in ihren einsamen Spielen. Manchmal lief sie wie in Trance auf dem Beckenrand und spielte laut Theater. Meistens spielte sie alle Figuren zugleich. Sie spielte abwechselnd Prinzessin, König, gefährliches Ungeheuer und viele Rollen mehr...

Mit Wehmut dachte sie jetzt an ihre glücklichen Kinderjahre zurück. Am glücklichsten war sie ganz allein, nur mit ihren Phantasien und ihren Tieren.

„Wollen wir weiter?", fragte ihr Bruder und ließ den Motor an.

„Ja, es ist gut so", sagte sie und sah jetzt voller Neugierde ihr altes Zuhause an. Sie hatte wieder Kraft gesammelt und konnte die Erinnerungen wieder gut ertragen.

Es war die Zeit in der die Gladiolen blühten, und wie früher standen sie auch jetzt in wilder gelber Pracht am Wegesrand. Unterhalb des Schwimmbades lag ein Feld. Wie in ihren Kinderjahren war dieses Stück Land nicht bewirtschaftet. Nur wilde Feldpflanzen wuchsen dort, Aloe und Gladiolen.

Links lagen damals die Ländereien mit Wein, Gemüse und Obst. Ihre Mutter hatte damals alles Mögliche angepflanzt. Sie konnte sich noch daran erinnern, wie sie mit dem kleinen Lastwagen zu den Schwarzensiedlungen fuhren und Kohl verkauften. Mais war auch eine Zeitlang eine Ertragsquelle, abgewechselt von etwa 5.000 Weinreben. Das hatte mehr Spaß gemacht, und die Bauern wurden ihre engsten Freunde. Herrliche Weinpartys wurden auf den anderen Farmen gefeiert. Ihr Vater musste dann immer sein Zahnarztbesteck mitnehmen, um die ‚Volkies' auf den Farmen zu versorgen. Meistens konnten nur Zähne gezogen werden, da auf vielen Farmen noch keine Elektrizität für den Antrieb eines Bohrers z.B. vorhanden war. Die Schwarzen zeigten in ihrer Angst nur das Weiß ihrer Augen. Trotzdem war ihr Vater sehr beliebt bei ihnen. Wer sonst hätte sich damals um das Wohl und die Gesundheit der ‚Volkies' (Bezeichnung für die farbigen Farmarbeiter) auf den Farmen gekümmert? Nach überstandener Sitzung gab es dann auch einen Becher Wein.

Sie musste lachen, als sie an die Episode dachte, bei der ein Farmarbeiter zu ihrem Vater kam.... *In seinen Händen hielt er das rote Rücklicht eines Fahrrads. Er bat ihren Vater dieses in seinem Frontzahn einzubauen. Der Zahn war vollkommen in Ordnung, deshalb staunte ihr Vater nicht schlecht, bei dieser Bitte. Er schmunzelte und versprach dem ‚Klong' (kleiner schwarzer Junge), das für ihn zu tun. Bis jetzt wurden auf den Weinfarmen nur Zähne gezogen, aber nun lud ihr Vater den Jungen auf seinen ‚Bakkie' (kleiner Geländewagen) und brachte ihn auf die Farm. Dort hatte er ja schließlich Strom für den Bohrer.*

Es war ja verboten, den schwarzen Jungen in der ‚Weißen'-Praxis zu behandeln.

Er setzte seine Spritze und bohrte den Zahn so aus, dass das Rücklicht ins Loch reinpasste. Dann wurde es eingepasst. Als er es dem Jungen zeigte, weinte dieser vor Glück. Es war der stolzeste Junge weit und breit. Er konnte nicht mehr aufhören zu lächeln und seinen, sogar in der Dunkelheit leuchtenden, Zahn zu zeigen.

Selbstverständlich war diese Behandlung für ihn umsonst.

Der alte, verknorpelte Eukalyptusbaum stand noch neben der Garage, auch er war in voller Blüte. Die Straße endete oben in einer Doppelgarage, jedoch nicht mehr, wie früher, mit Reetdach, sondern jetzt mit einem Asbestdach. Immer noch gab es die drei Terrassen bis an das Haus. Rechts unten lag die erste Terrasse mit glattem grünem englischen Rasen, abgegrenzt von einer kleinen Steinmauer, bepflanzt mit Rosen. Dann, um die Höhe der Mauer erhöht, lag die zweite Terrasse,

wiederum von einer Mauer und einem Blumenbeet abgegrenzt, zur höher ge-
legenen dritten Terrasse, die direkt am Haus endete….

*Die erste Terrasse war die interessanteste. Auf ihr stand noch die alte Platane, aus
der mal eine Freundin fiel und sich den Arm brach. Auch war da das geheimnisvolle
Umkleidehäuschen, eine Holzbaracke mit vielen Spinnen und Mäusen. Sie musste
immer sehr vorsichtig die Tür öffnen, um zu sehen, was sich jetzt wieder dahinter
verbarg.*

*Eine Hecke mit orangefarbenen Beeren trennte die drei Terrassen von einer Stein-
lawine, die irgendwann in der Vergangenheit nach einem Wolkenbruch aus dem Berg
angedonnert kam. Die größten Felsen waren quer durch das Haus gedrungen und
hatten alles, was im Weg stand, zerschlagen. Die kleinere lehnte sich wie eine Art*

Trockenflussbett an die Seite des Hauses. Es waren genau diese Geröllmassen, wo ihr liebster Spielplatz war. Sie kannte alle Steine, als ob ein unsichtbarer Weg über sie lief. Für sie gab es einen richtigen Pfad und gewisse Regeln, um über und auf die Blöcke zu springen. Sie kannte die Farben und Muster der verschiedenen Felsen. Alles hatte eine Bedeutung. Viele Murmeltierchen wohnten auch in den Löchern und Höhlen der Steinlawine.

Es gab immer etwas zu sehen oder zu spielen. Ihr imaginärer Weg führte sie manchmal hoch in den Berg zu den Wasserfällen. Sie musste dann ein Flüsschen überqueren, durch Gebüsch und Gestrüpp kriechen, und es war durchaus gefährlich für ein kleines Mädchen da allein herum zu klettern. Es wimmelte von Schlangen, eine Truppe Paviane wohnte in dem Berg, und vereinzelt konnte man die Spuren eines Leoparden beobachten. Sie hatte jedoch immer die Hunde dabei und war nie ernsthaft Gefahren ausgesetzt. Ihre Mutter wusste, dass sie den Abenteuerdrang ihrer Jüngsten nicht verbieten konnte. Sie hatte nur immer gewarnt, worauf sie achtgeben sollte.

Weit oben im Berg, fast unterhalb der Wasserfälle gab es eine Stelle, wo herrlich sauberer Lehm vorhanden war. Da saß sie oft stundenlang und modellierte Figürchen, Aschenbecher, Köpfe und dergleichen und ließ ihre Objekte von der Sonne trocknen. Manchmal brachte sie wahre Kunstwerke mit nach Hause…

Jetzt standen sie auf dem Rasen und wurden von einem älteren Herrn mit Pfeife im Mund und drei Hunden begrüßt.

„Da seid ihr ja", sagte er vertraulich und drückte ihr zur Begrüßung herzlich die Hand. „Verteufelt! Es muss schon ein komisches Gefühl sein nach all den Jahren."

Ihr Bruder hatte ihm geschrieben und um diesen Besuch gebeten, als er hörte, was aus ihrem Grundstück und dem Tal werden sollte. Er wurde sofort herzlich eingeladen.

Ausgerechnet ein Engländer hatte ihre Farm gekauft und wohnte seit einigen Jahren glücklich mit seiner Frau dort. Es war als Ruhesitz ausgewählt worden und das bisschen verbliebene Landwirtschaft diente eigentlich nur als Hobby der Mrs., die sich übrigens jetzt zu ihnen gesellte.

„Oh, you poor things!", sprudelte sie los und nahm Marie in die Arme, als ob sie sich schon lange kannten.

„Herbert hat mir erzählt, dass es noch Erben gibt. Wussten wir natürlich überhaupt nicht."

„Herbert" schien verlegen, als er die Spontanität seiner Frau sah.

„Come on Mary", tadelte er leise.

„Ach, Sie heißen auch Marie?", hörte sie sich plötzlich sagen. „Ich auch."

„Ja, ist denn das möglich!", freute sich Mary 2 und entschied, „na, dann wollen wir erst mal reingehen, da ist es viel kühler."

Langsam liefen sie die drei Terrassen hoch zum Haus.

An der Seite der Garage blühte blau die Rankepflanze, die ihr Vater noch gepflanzt hatte. In dieser Pflanze war immer Leben, und das Gesumme der Bienen weckte ein Gefühl der Vertrautheit in ihr. Da waren immer solche wunderschönen Spinnen, die farbenprächtig in ihrem kunstvollen Gewebe saßen und auf Beute warteten. Dieser Strauch wurde auch gern von kleinen Eidechsen frequentiert. Unten am Stamm krochen öfters sehr farbenfrohe Insekten herum.

Sie musste lächeln, als sie an die Geschichten dachte, die sie sich in Beziehung auf die Rankepflanze ausgedacht hatte als Kind…. *Die Blüten waren die Juwelen der Prinzessin, bewacht von den Bienen. Die Eidechsen waren die bösen Einbrecher, die die Juwelen stehlen wollten, und obwohl die Spinnen ihre Barrieren gebaut hatten, um den Zugriff zu den Juwelen zu verhindern, konnte manchmal eine Eidechse eine Blüte erreichen und somit die Juwelen stehlen.*

Mary sah ihr Lächeln und fragte neugierig: „Denken Sie an etwas Schönes?"

„Oh ja", sagte sie überzeugt. „Hier war alles so schön!"

Es schien sich nicht viel verändert zu haben. Das Haus jedenfalls sah von außen noch genau so aus, wie sie es verlassen hatten. Es war ein großes Haus mit einem runden Erker, ,Sunporch' genannt, von wo aus man weit über das Tal und die hohen Berge ringsum blicken konnte. Das Haus war weiß getüncht. An den Seiten rankten Blütenpflanzen. Sie sah zum Dach hoch. Es war noch das Asbestdach, das ihr Vater hatte bauen lassen nach dem Brand damals. Das war ja so schrecklich gewesen…!

,Waterfalls' vor dem Brand

Es hatte angefangen auf der anderen Seite des Berges, weit weg von ihnen, aber der ewige Süd-Oster hatte die Flammen hochlodern lassen, und langsam aber sicher hatten sie sich ihren Weg über den Berg gefressen. Zuerst hatte man nur Rauch gesehen, aber jeden Tag kam das Feuer näher und näher. Sie hatten damals noch ein Reetdach. Abends, bevor sie ins Bett gingen, liefen sie erst zum Schwimmbad, um von dort zu sehen, wie weit das Feuer noch entfernt war. Ob sie sie heute Nacht noch ruhig schlafen konnten, oder nicht? Ein Funke hätte gereicht, um alles in Brand zu setzen. Dann kam der schreckliche Abend, an dem sie nicht mehr ruhig schlafen konnten. Die Flammen waren bereits zu sehen und sogar zu hören. Ihr Vater hatte Befehl gegeben, dass jeder seine eigenen, für ihn wichtigsten Sachen zum Schwimmbad tragen sollte und soweit dies möglich war, auch noch anzufeuchten. Ihr Bruder wurde mit Eimern Wasser aufs Dach geschickt, und er versuchte, so gut es ging, das Reet anzufeuchten. Der Hühnerhof wurde aufgesperrt, um den Hühnern die Möglichkeit zu geben, sich selbst zu retten.

Auch sie hatte eine eigene Aufgabe. Sie durfte, so hoch sie konnte, in eine Eiche klettern, von wo sie weit über das Dach des Hauses blicken und sogar als erste sehen konnte, wie weit die Gefahr noch entfernt war.

Dann kam die Rettung. Es begann zu regnen. Die Sachen wurden wieder schleunigst ins Haus getragen. Die Hühner durften wieder drin bleiben und sie fielen sich alle lachend in die Arme. Die Schwarzen, die grau vor Angst waren, bekamen eine extra Ration Wein und zwei Tage frei. Was war das für eine Erleichterung!

Danach musste das Dach schleunigst weg.

„Nie wieder", hatte ihre Mutter geschworen, würde sie so eine Angst durchstehen wollen.

Das Abdecken des Daches gab wieder neue Spielmöglichkeiten. Von der Dachkammer aus konnte man auf das Dach klettern und helfen, das Reet hinunterzuwerfen. Unten hatte sich ein hoher Haufen gebildet. Eines der Nachbarskinder, das eines Tages zum Spielen kam, hatte nichts Besseres zu tun, als sie dazu anzustacheln, in den Reethaufen vom Dach hinunterzuspringen. Sie hätte sich das Genick brechen können! Stattdessen tauchte sie bis unten in Reet und Stroh ein und kam völlig verstört, von Spinnen übersät, wieder zum Vorschein.

Sie gingen langsam die Treppe zur Außenterrasse hoch. Der ‚Stoep' mit rotem Bohnerwachs gebohnert, war genauso wie in ihren Kinderjahren…. *In der einen Ecke stand damals das Hundekörbchen für ihren kleinen Foxterrier Trixi, und später hatten ihr Vater und Bruder eine trickreiche Volière gebaut für so an die zwanzig Wellensittiche. Die schöne, massive Holztür, im kapholländischen Stil aus zwei Teilen bestehend, sodass man den oberen Teil allein öffnen konnte, glänzte vor Politur.*

Rechts führte eine Glastür neueren Datums zum Wohnzimmer. Es war kühl in den Räumen, und es kam ihr fremd vor andere Möbel und Gemälde zu sehen. Der ‚Sunporch', wie der Ausbau den ihr Vater damals renovieren ließ, hieß, war gemütlich wie eh und je. Man konnte ringsum auf den eingebauten Holzbänken auf verschiedenen farbigen Kissen sitzen und die wunderschöne Landschaft bewundern. Ihre Eltern hatten oft Besuch von den Weinbauern. Schöne Partys wurden dort gefeiert.

Die in einer Kurve verlaufenden eingebauten Holzbänke dienten ihr damals in der Kindheit als Tunnel. Man konnte von der einen Seite hineinkriechen, um dann im Dunkeln auf Händen und Füßen nach vorn zu robben, um meistens völlig verstaubt auf der anderen Seite wieder hinauszuklettern.

„Was kann ich euch denn anbieten?", fragte Herbert jovial. „Einen Whiskey?"

„Nein danke, etwas Kühles, wenn Sie haben", antwortete sie und wischte sich den Schweiß von der Stirn, der nicht nur von der Hitze stammte.

Herbert brachte einen Rollwagen mit allerlei Getränken und Nüsse und schickte Mary zuerst in die Küche, damit sie sich um ein paar Brote kümmerte.

„Ja, es ist eine Schande", sagte er, nachdem er sich selber einen ordentlichen Schluck Whiskey drei mindestens drei Fingern hoch eingegossen hatte. „Jetzt hat man so lange hier gelebt und war so glücklich hier. Schließlich habt ihr auch eure Kindheit hier verbracht, und jetzt will die Regierung ein Wasserreservoir aus unserem Tal machen!"

Zum ersten Mal wurde das Schreckliche ausgesprochen.

„Wie wollen sie es denn eigentlich tun?", fragte ihr Bruder.

„Sie haben schon oben in den Bergen angefangen, das Wasser zu stauen, das aus den Wasserfällen aufgefangen wurde. Sie werden jetzt in Kürze, wenn die Ingenieure ihr Einverständnis dazu geben, die Schleuse öffnen und das ganze Tal unter Wasser setzen. Das soll das größte Trinkwasser-Reservoir der ganzen Gegend werden, gleichzeitig soll dann Strom gewonnen werden. sind Die paar Farmer, die hier wohnen, sind der Regierung völlig gleichgültig."

„Und die schönen Häuser, die hier stehen?", fragte sie entsetzt.

„Auch weg", antwortete Herbert trocken. „Alles weg."

„Das ist doch südafrikanisches Kulturgut! Die Häuser stammen zum Teil ja aus der Hugenotten-Zeit, sie sind noch im kapholländischen Stil gebaut.

Man kann sie doch nicht einfach unter Wasser setzen!", sie schrie beinah vor Empörung. „Tut denn niemand etwas?"

„Die Farmer sind natürlich auf die Barrikaden gegangen, wir auch, aber wir sind doch nur eine Handvoll. Gegen Geld kann man nicht ankämpfen."

Mary kam herein mit schön bereiteten Broten.

„You poor things, ihr habt bestimmt Hunger." Für sie konnten offensichtlich alle Probleme durch gutes Essen gelöst werden.

Schweigend aßen sie die Brote die Mary so liebevoll bereitet hat.

Durch die offene Glastür konnte sie in das Wohnzimmer blicken….

Links stand damals der Flügel ihrer Mutter, auf dem sie so wundervoll spielen konnte. Wenn sie schlafen ging, durfte sie die Türen offenstehen lassen. Dann konnte sie den schönen Lieder von Chopin, Mendelssohn und Beethoven lauschen, bis sie eingeschlafen war...

Es gibt heute noch Melodien, durch die sie sofort an ihre Mutter und diese Abende erinnert wird….

Rechts in der einen Ecke war ein offener Kamin. Grobe Holzblöcke standen auf jeder Seite aufgestapelt, und daneben war das Besteck, das man brauchte, um Feuer zu machen. Morgens lag meistens eine der Siamkatzen direkt auf der noch warmen Asche, das Fell richtig eingepudert. Ach, wie gemütlich war es doch!

Als später die ersten Stereoplatten erschienen waren, hatte ihr Vater eine Stereoanlage gekauft, einen riesigen Apparat. Dann konnte man ausgestreckt neben dem Vater auf dem Sofa vor dem herrlichen Feuerchen liegen und Opern und klassische Musik hören. Sie musste mucksmäuschenstill sein, durfte nicht reden und nicht unruhig sein.

An der gegenüberstehenden Seite war ein Barschrank, für sie damals unheimlich interessant, weil es verboten war, ihn zu öffnen und weil verschiedene Schublädchen allerlei Leckereien enthielten.

Eine weitere Glastür führte in das Esszimmer, wo ein riesiger runder Tisch das Hauptmöbelstück war. Was hatten sie dort für gemütliche Essen, und wie viele Freunde saßen daran!

Sie erinnerte sich dann auch wieder lebhaft an das Abendbrot….

In einer Ecke stand noch ein Radioapparat. Damit hatte man gemeinsam kurzen Radioserien gelauscht und war immer ganz verrückt danach, zu erfahren, wie diese Hörspiele weitergingen. Es gab ja lange Jahre kein Fernsehen in Südafrika. Dafür wurde umso mehr Radio gehört.

Durch eine Tür gelangte man auf einen Gang, der rechts ab in die Küche ging. Die Küche war enorm... Wenn sie das so recht bedachte, war die Küche aus ihrer Kindheit größer als ihre jetzige Wohnung! *Eigentlich stand gar nicht einmal so viel darin. Eine Doppelspüle, Herd und Kühlschrank und ein großer, weißer Küchentisch mit Stühlen.*

Jedes Zimmer hat so für sie ganz spezielle Erinnerungen. Die Küche ganz besonders. Sie erinnerte sich nämlich wieder an den Tag, als die ganze Familie in der Küche versammelt war...

Es war an der Zeit, dass die vielen Haustiere, nämlich zwei Hunde und siebzehn(!) Katzen ihr Abendessen bekamen. Zu diesem Zweck hatte ihre Mutter einen großen Dampfschnellkochtopf mit Pansen für die Hunde auf dem Herd. Die Katzen bekamen Leber oder andere Innereien feingeschnitten in ihre verschiedenen Tellerchen.

Plötzlich gab es eine enorme Explosion! Innerhalb einer Sekunde war die ganze Küche leer. Alle Tiere waren meilenweit geflohen, und sie waren selber, ohne es zu wissen, im Nu aus dem Raum gerannt. Der Dampfkochtopf war nämlich in die Luft geflogen, und der ganze, stinkende Pansen klebte an der Decke und an den Wänden....

„Wollt ihr vielleicht das Haus sehen?", fragte Mary, die wohl ihre Gedanken erraten hatte.

„Oh ja, gern", antwortete sie begeistert und folgte mit ihrem Bruder dem Paar, als es aufstand.

Das Wohnzimmer war ziemlich modern eingerichtet. Es hatte nicht die Gemütlichkeit von damals. Der Kamin war zwar noch da, aber kein Kätzchen lag in der warmen Asche. Das Esszimmer war jetzt eine Art Studierzimmer für Herbert. Viele Reihen Bücher zierten die Wände. Nichts erinnerte mehr an die schönen Abende nach dem Abendbrot.

Die Küche war ein richtiger Schock. Eine moderne amerikanische Küche mit allem Komfort.

„Mary sollte es an nichts fehlen", sagte Herbert stolz. „Wir haben nämlich keine Bediensteten. Wir halten nicht viel davon."

Wahrscheinlich war es eine wunderschöne Küche, aber sie war plötzlich so enttäuscht, dass sie mit den Tränen kämpfen musste. Fast wollte sie aufgeben und nichts mehr sehen, aber Mary zeigte schon den Rest.

Sie liefen links in ein Zimmer, das von ihrer Mutter damals als Speisekammer benutzt worden war. Da stand ein großer Mixer, mit dessen Hilfe ihre Mutter früher die herrlichsten Kuchen zaubern konnte.

Jetzt war es eine Art Atelier, wo Mary Töpferei betrieb. Sie hatte einen hochmodernen Drehtisch, einen Brennofen und verschiedene Glasurmöglichkeiten. Auf einer langen Bank standen die Ergebnisse ihrer Kunst. Es waren recht interessante Töpfe und Figuren, die sie gemacht hatte.

„Dieses ist mein Reich", erläuterte Mary ihre Werkstatt. „Hier darf Unordnung herrschen, und niemand kümmert sich darum, ob hier Staub liegt oder nicht und ob Farbtöpfe offenstehen. Hier bin nur ich verantwortlich. Ich wollte schon immer so etwas machen. Als wir uns hier zur Ruhe setzten, war dies mein erster Wunsch."

„Mein Weibchen macht tolle Fortschritte", meinte Herbert, legte liebevoll seinen Arm um sie und drückte sie sanft.

Sie strahlte vor Stolz und wurde vor Verlegenheit knallrot.

Die Tür aus der Kammer führte wie damals auf den Flur. Es war ein merkwürdiger Flur in T-Form. Der lange Teil vom T lief auf die schöne Eingangstür zu und die beiden anderen Hälften zum einen in die Küche und zum anderen rechts ab, um nochmals abzubiegen.

Da lag eines der drei Badezimmer, die dieses Haus hatte. Dieses Badezimmer wurde früher nie zum Baden benutzt....

Stattdessen war es ein Tierzimmer. Darin wurde alles Mögliche gehalten. In der Badewanne hatte sie als Kind sechzig weiße Mäuse, die sich wild gepaart hatten und immer mehr und mehr wurden. Die ursprüngliche „Mamamaus" hatte so viele Babys, dass sie eines Tages krank wurde und wahrscheinlich Krebs bekam. „Mamamaus" musste getötet werden, da sie zu viel gelitten hatte, aber wie? Die ganze Familie konnte keiner Fliege etwas zuleide tun. Niemand wusste so recht, wie man das nun machen sollte, damit sie nicht noch mehr litt! Schließlich nahm ihr Vater dann „Mamamaus", setzte sie draußen auf den Felsen, zog seine schwere Armeepistole und erschoss sie. Obwohl ihr den Anblick erspart blieb, würde sie diesen furchtbaren Knall nie vergessen!

Außer den siebzehn Katzen und zwei Hunden lebten zwei Eichhörnchen frei mit im Haus. Sie konnte sich allerdings nicht mehr erinnern, woher die Eichhörnchen kamen. Wahrscheinlich hatte das Völkchen, das auf der Farm arbeitete, diese aus den Nestern gestohlen und zu ihr gebracht. Die beiden Eichhörnchenkinder hießen Jakob und Rebekka und lebten weitgehend frei im Haus. Abends schliefen sie im Badezimmerschrank, in einem Nestchen eng zusammengerollt. Nach dem Frühstück, das aus einer geschälten Traube bestand, verschwanden sie meistens in den Wäldern, kamen aber sofort auf Pfeifenruf wieder zurück. Die Katzen hatten einen heiligen Respekt vor den beiden und ließen sie in Ruhe.

Eines Tages lag Rebekka steif in ihrem Nestchen. Tot. Und wenig später starb auch Jakob. Sie hatte nie erfahren was die Todesursache war.

Das Badezimmer beherbergte nicht nur Jakob und Rebekka. Darin schliefen auch vier Perlhühner, die immer hinter ihrer Mutter herliefen und „Bankrott-Bankrott" riefen… - sie musste lachen, als sie an diese Szenen dachte - ihre Mutter, gefolgt von vier Perlhühnern, einigen Katzen, die wach waren, den zwei Hunden und manchmal auch den Eichhörnchen.

Unten auf dem untersten Brett des Badezimmerschrankes bekam eines Tages eine der Katzen ihre Jungen. Sie war sogar bei der Geburt dabei. Kurz bevor es losging, hatte die Katze ihre Mutter geholt. Sie hatte sie sanft in den Finger gebissen und gezogen, bis ihre Mutter mitkam. Dann hatte sie sich zufrieden auf das Kissen gelegt, und die Geburt konnte ihren Verlauf nehmen. Sie würde nie den Blick des Tierchens vergessen, als es seine sechs Babys bekam und zufrieden schnurrte, während sie sie säugte.

Jetzt war es ein supermodernes Badezimmer mit eingebauten Spiegeln und Schränken und nebenan einer Toilette. Die Tür nach außen, nach altem Farmhausstil in zwei Hälften gebaut, existierte überhaupt nicht mehr. Der ganze Ausgang war zugebaut.

„Mary fand es zu gefährlich, eine Außentür so weit weg von allem", erklärte Herbert, als er sah, dass sie ganz verloren vor der Mauer stand.

„Ja", entgegnete Mary, „hier wurde schon mal eingebrochen."

Sie liefen den Gang zurück. Der lange Flur aus schweren Holzbohlen, wo sie als Kind immer zusammen mit den Katzen mit einem kleinen Teppich Rutschpartien veranstaltete, war jetzt von einem Läufer bedeckt.

Auf der rechten Seite das Kinderzimmer ihres Bruders. Jetzt eine Art Bügelraum voller Stofffetzen. Das Fenster, das zum Innenhof zeigte, stand offen, und sie konnte dadurch das „Cottage" sehen. Äußerlich unverändert.

Die Holztreppe zum Dachboden, wo so viele Mäuse waren. Es war ziemlich gruselig dort oben und sehr niedrig, sodass die Querbalken ein Aufrechtstehen unmöglich machten. Sogar als Kind musste sie sich bücken. Der Raum diente eigentlich nur dazu, Koffer und dergleichen aufzubewahren.

Das kleine „Cottage" war schön weiß gekalkt und hatte immer noch das Reetdach. Es sah aus wie so ein Häuschen aus England und passte überhaupt nicht in die südafrikanische Landschaft. Dort wurden damals Gäste untergebracht, wenn die großen Familien aus Transvaal und dem Oranje Freistaat zu Besuch kamen über Weihnachten und Neujahr...

Drinnen gab es allen Komfort, und man konnte gut darin wohnen. Auf der Rückseite kamen später Wohnungen für die Bediensteten dazu, eine ganze Familie, die für ihre Eltern im Haus und auf den Ländereien arbeitete. Für diese Familie wurde dann später ein eigenes Haus gebaut mit Gärtchen.

Weihnachten war immer etwas Besonderes. Zwar fand es naturgemäß im Sommer statt, aber es war immer so schön, wenn die ganze große Familie zusammen war. Am Heiligabend wurde der Baum geschmückt, der traditionsgemäß im ‚Sunporch' aufgebaut wurde, und am Weihnachtstag wurden die Türen geöffnet, und man konnte seine Geschenke auspacken. Sie erinnert sich heute noch an einen kleinen, roten Plattenspieler mit roten Platten. Wie hatte sie sich gefreut!

Meistens wurde der Tag am Strand gefeiert mit Schwimmen, Spielen und Erzählen. Dabei wurde in der Regel sehr viel Wein getrunken, und die Laune wurde heiterer und heiterer. Abends gab es dann das Weihnachtsessen, das aus verschiedenen Gängen bestand und das ihre Mutter meistens lange vorher schon vorbereitet hatte.

„Wir haben alles so gelassen, wie es war", brach Herbert in ihre Gedanken ein. „Es ist so gemütlich und lässt uns immer an unsere Heimat denken."

Jetzt kamen sie zu *ihrem* ehemaligen Zimmer. Direkt gegenüber war das Telefon. Zu ihrem Erstaunen scheinbar immer noch das alte „Partyline" Drehtelefon... *Die vier Familien in dem Tal hatten jede ihr eigenes Rufzeichen. Ihres war Lang-kurz-kurz. Sie hatte als junges Mädchen herausgefunden, dass man gebührenfrei telefonieren konnte, wenn beide Parteien gleichzeitig den Hörer abnahmen. So hatte sie sich einen Spaß daraus gemacht, eine Stunde lang mit ihrer Freundin zu telefonieren.*

Ihr Zimmer war groß. Früher war es das Arbeitszimmer ihres Vaters gewesen. Sein Schreibtisch stand direkt am Fenster, das auf den ‚Stoep' blickte. In einer Ecke war der offene Kamin der so viel Gemütlichkeit ausstrahlte. Am schönsten waren die Nächte, wenn sie krank war. Wenn sie nicht schlafen konnte, sah sie in die Flammen, hörte das Knistern des Feuerchens und wartete bis ihre Mutter mit ihren Medikamenten kam. Die kühle Hand auf ihrer Stirn, die leisen beruhigenden Worte…, das alles waren Erinnerungen aus glücklichen Tagen.

Wieder musste sie lachen. Sie dachte an ihr schlimmes Schauspiel, als sie aus Furcht vor einer Prüfung, statt zu lernen, in den Anatomiebüchern ihres Vaters las und sich die ganze Symptomatik einer Blinddarmentzündung merkte... *Am Tage der Prüfung war sie dann „krank" und zwar so echt, dass auch der Hausarzt getäuscht wurde. Durch die Aufregung hatte sie sogar erhöhte Temperatur und das Ende dieser Geschichte war, dass sie abends ins Krankenhaus eingeliefert und operiert wurde! Als alles vorbei war, kam der Arzt zu Besuch und brachte ihr zwei Blinddärme in einem Glas. Der eine war bläulich und schwer entzündet, und der andere war glatt und klein.*

„Mach so etwas nie wieder!", hatte er geschimpft, aber ihr Geheimnis zumindest vor den Eltern verschwiegen. Da damals auch Hausärzte operieren durften, hatte sie jahrelang noch Beschwerden von der alten Narbe.

Das alte Haus war so merkwürdig gebaut, wahrscheinlich auch durch die vielen An- und Umbauten, dass man durch ihr Zimmer gehen musste, um in das Badezimmer zu kommen, das wiederum eine Durchgangstür hatte in das Schlafzimmer ihrer Eltern und eine Tür nach außen zum „Cottage".

Wie oft sah sie ihre Mutter vor ihrer Schminkkommode sitzen, in einem der wunderschönen Abendkleider, das sie selber genäht hatte. Die zartesten Stoffe hatte sie verwendet, und die Schönheit dieser Frau war atemberaubend. Sie roch dann auch so wunderbar nach Parfum, und Marie hatte sich immer gewünscht, so schön zu werden wie ihre Mutter. Der Vater hatte dann seine Ausgehuniform an, und sie war stolz und glücklich solche Eltern zu haben.

Auch ihr Vater hatte später angebaut. Er hatte ein Teil des ‚Stoeps' abgetrennt und daraus ein extra Zimmer gemacht, das dann ihr Schlafzimmer wurde.

In diesem Zimmer, das durch seine vielen Fenster viel Licht hineinließ und auch abends den Mondschein, hatte sie mit ihrem Bruder einmal schlimme Streiche gespielt…

Es war an einem Abend, als ihre Eltern zum Tanzen gingen. Die alte schwarze Hausbedienstete sollte auf sie aufpassen, obwohl ihr Bruder eigentlich schon groß genug war. Sie hatten sich dann in ihre Zimmer zurückgezogen und aus einer Kleiderpuppe ihrer Mutter, einen Busch

Mein Papa

mannschädel, der noch ihrem Großvater gehört hatte, einer Pfeife und einem Hut ihres Vaters, eine furchterregende Gestalt gebastelt, die so aufgestellt war, dass sie nur vom Mondlicht beschienen war. Dann hatten sie die arme Frau gerufen. Nichtsahnend kam sie in das Zimmer, um in die Arme dieser furchtbaren Gestalt zu laufen, nachdem sie zuerst mit ihrem Gesicht an einen Faden gestoßen war, der quer durch das Zimmer gespannt war. Dass sie nicht an einem Herzanfall gestorben war, grenzte an ein Wunder. Nach diesem Tag hatte sie sich geweigert, überhaupt noch etwas mit den Kindern zu tun zu haben und strafte sie mit Verachtung.

Meine Mama

Die Führung der älteren Leute war jetzt beendet und sie kehrten zurück zum ‚Stoep'. Sie war jetzt merkwürdig leer und wusste eigentlich überhaupt nichts mehr zu sagen. Sie stand da und schaute über die drei Terrassen und das Schwimmbad. In der Ferne ragten die Berge empor.

„Wann soll es geschehen?", fragte sie Herbert.

„In etwa drei Monaten. Sie haben uns viel Geld geboten und ein schönes Haus zur Verfügung gestellt, aber wer kann jemals die Gefühle nachempfinden, wenn sein Zuhause zerstört wird."

Das waren genau auch ihre Gedanken.

Und dann war es ihr auf einmal sonnenklar. Sie würde bleiben. Sie würde ihre Erinnerungen aufschreiben und malen. Somit würde sie wenigstens die Erinnerung an die Gefühle, die dieser Ort geweckt hatte, retten.

Ja, sie würde bleiben.

Kapitel II

Wie es begann

Ein Jahr ist vergangen, seit Marie wieder in ihr Heimatland Südafrika zurückgekehrt war. Ein Jahr, in dem sehr viel geschehen war. Der endgültigen Zerstörung ihres Kindheitsraumes hatte weder sie, noch ihr Bruder beigewohnt. In den Zeitungen wurde das Unterwassersetzen alter Kulturgüter, der Weinberge, und des Lebensraumes vieler einheimischer Vogel- und anderer Tierarten hingenommen und sogar gepriesen. Schließlich entstanden jetzt ein Staudamm und ein Wasserreservoir, und es würde sich schon wieder neues Leben darin ansiedeln.

Herbert und Mary haben neues Farmland erhalten und waren gar nicht so unzufrieden mit den Geschehnissen. Aber sie... für sie brach zum zweiten Mal eine Welt zusammen. Diesmal war sie fest entschlossen, durch das Aufschreiben ihrer Kindheitserinnerungen die Schuld an ihr Land, wenigstens für sich selbst, abzutragen.

Die Sonne schien warm auf ihr Gesicht. Durch die geschlossenen Lider schien die Welt in Gold getaucht, die Geräusche gedämpft und träge. Die Gedanken flogen schon wieder zurück, zurück, zurück...

Was waren eigentlich die allerersten Erinnerungen? Wo fing ihre bewusste Existenz an?

Sie muss noch in einer Wiege gelegen haben, denn die allerersten Eindrücke waren die von einem riesigen Kopf, der sich über sie beugte. Die zweite Erinnerung war die an ein Büchlein mit ABC, welches sie für das Erdulden der wiederholten Penicillin-Injektionen erhielt. Die Lust am Lesen wurde geboren und hatte sie danach nie wieder verlassen.

„A = aap, in die boom kan hy slaap".

Warum hat das so einen Eindruck auf sie gemacht, dass sie sich fast dreißig Jahre später noch immer an das Bildchen erinnern konnte?

Dann waren die richtigen Erinnerungen da. Eine Umgebung wurde wahrgenommen und Mensch und Tier, die in dieser Umgebung lebten.

Das erste Haus, an das sie sich erinnern konnte, war riesig groß. Zweistöckig mit Schieferdach. Ein Schieferstoep mit Naturstein-Mäuerchen und Natursteinsäulen an allen Ecken lief rings um das Haus. Dort konnte man gemütlich sitzen und die Augen über einen schön angelegten Garten schweifen lassen. An dem Naturstein-Mäuerchen rankte Kapuzinerkresse. Die herrlichen goldenen Blüten und saftig grünen Blätter blieben lange in ihrem Gedächtnis, wie auch das Summen der vielen Insektenbesucher, die sich um den Nektar stritten. Das ganze Anwesen wurde von einem niedrigen Naturstein-Mäuerchen umrahmt, das ihr häufig dazu diente, ihr Gleichgewicht zu üben, wobei sie sich genauso häufig etliche Schrammen und Beulen zuzog. Auf dem Rasen wuchsen Rosen und andere Büsche. Sie beobachtete immer fasziniert die großen Spinnen, die sich zwischen den Rosen versteckten und ab und zu vom schwarzen Hausmädchen gefunden wurden, das dann einen hellen Schrei hervorstieß, wenn es die Rosen schnitt.

McKenziestraße 456

An der rechten Seite führte ein Weg zur Doppelgarage, und merkwürdigerweise hatte sie überhaupt keine Erinnerungen, wie es in dieser Garage aussah. Umso mehr aber war die linke Seite dieser Mauer ihr Reich. Dort wuchs ein riesiger Avocadobaum und unten, immer angenehm im Schatten, hatten sie und ihr Bruder ihren Sandkasten.

Das war nicht nur ein Sandkasten, oh nein, es war eine Bühne, eine Welt für sich. Mit einer Akribie, die sich damals schon zeigte, legte ihr Bruder ein Tunnelsystem mit Bahnhof an. Die Züge waren die großen Tausendfüßer, die jedoch an diesem Spiel nicht gern teilnahmen. Lieber rollten sie sich zu einem Kringel zusammen und blieben einfach wie tot liegen. Sie mussten erst in einer Rinne positioniert werden. Dann brauchte man nur zu warten, bis sie sich endlich entrollten und davonliefen. Dies geschah meistens blitzschnell, und das war das ganze Spiel. Jeder Tausendfüßer hatte seine eigene Rinne, die zum Bahnhof führte. Nicht einfach gerade, nein, das wäre langweilig gewesen. Mit verschiedenen Kurven und Hindernissen versehen, führte der Weg zum Bahnhof, und die dummen Tiere blieben stracks in ihrer Rinne. Wer zuerst am Bahnhof ankam, hatte gewonnen. Nach einer Weile hatten die Tausendfüßer endgültig genug und sonderten vor Ärger eine stinkende gelbe Flüssigkeit ab. Danach hatten sie und ihr Bruder meistens keine Lust mehr auf dieses Spiel.

Ein Stückchen weiter lag das Häuschen der treuen Seele Jim. Er war ein Xhosa[1] und sehr stolz. Ihre Mutter hatte ihn „geerbt", als ihre Eltern starben. Er gehörte zur

Familie wie sie und alle Tiere, die immer anwesend waren. Jim lebte nach seiner Tradition. Das heißt, obwohl er essen konnte, was er wollte, liebte er seinen Dreifuß-Kafferpot, Feuerchen und „Mieliepap", ein Maismehlgebräu, das hervorragend schmeckte. Dazu gehörte eine Art Gulasch, mit großen Fleischbrocken, das ewig in dem Dreifuß kochte und ganz zart wurde. Sie passte immer die Momente ab, in denen Jim zu Mittag aß, und dann durfte sie mit ihren

---

[1] Die **Xhosa** [ˈkoːza] (isiXhosa: [‖ʰosa]) sind ein südafrikanisches Volk, das sprachlich zu den Bantu gehört. Der Name bezieht sich angeblich auf einen ihrer Häuptlinge in der Geschichte. Sich selbst bezeichnen sie als amaXhosa. Sie sind im Rahmen der Nord-Süd-Wanderung der schwarzafrikanischen Stammesvölker ins südliche Afrika gelangt und verdrängten dabei Bevölkerungsgruppen der Sanund der Khoikhoi

Händchen einen Ballen Mieliepap formen und in den Fleischtopf tauchen. Oh, wie hatte das gut geschmeckt! Das war gleichzeitig eine Zeremonie. Man durfte nicht sprechen und musste mit allen Sinnen dieses Mahl genießen. Sie hatte sich später häufig daran erinnert, wenn sie sah, wie Mahlzeiten einfach verschlungen werden, gedankenlos.

Die Erinnerungen an Jim hatten ihren Fortgang in Gerüchen und Geräuschen. Jeden Morgen um 5 Uhr fing Jim an, den Marmorboden zu bohnern. Sie brauchten nie einen Wecker, denn wenn Jim fertig war, war es 6 Uhr und Zeit, aufzustehen. Es war auch Jim, der das Frühstück machte und sie und ihren Bruder zur Schule brachte.

Die Schule war nur einen Häuserblock entfernt, aber dennoch musste man eine Straße überqueren. An dieser Straße gab es immer wieder etwas Aufregendes. Ihr Bruder fing große schwarze Käfer, die, wenn man sie in der geschlossenen Hand hielt, richtig zu klopfen anfingen und somit den Namen „Toktokkie" erhielten.

Bei Gedanken an die Schule konnte sie sich nur an die Pausen erinnern, in denen warme Milch ausgegeben wurde, die sie widerlich fand, da die Milch immer eine Haut hatte. Vermutlich stammte ihr Hass gegen Milch in jeglicher Form, aus dieser Zeit.

Ein kleiner Kanadier, der Patrick hieß, wollte sie heiraten. Er war bereit, auf sie zu warten. Sie waren beide sechs Jahre alt.

Es muss um diese Zeit gewesen sein, dass ihre Eltern den Entschluss fassten, in das schöne Kap umzusiedeln und eine Farm zu kaufen. Die Kinder wussten nichts davon und waren herrlich überrascht, als sie eines Tages ein schönes Anwesen mit dem Namen „Waterfalls" ihr Eigentum nennen konnten. Hier hatten sie fünf Morgen Land mit einem großen Stück Wald am Berg zur Verfügung, und bis zu eben diesem Wasserfall konnten sie nach Herzenslust streifen.

Die Farm war acht Kilometer von Stellenbosch entfernt, wo die unterschiedlichen Schulen für sie und ihren Bruder lagen, und der Weg dorthin war nicht immer einfach. Morgens wurden sie von der Mutter um 5 Uhr geweckt. Sie machte das Frühstück und Schulbrote, und je nach Wetterlage oder Zeit, brachte sie die Kinder mit dem Wagen zum Fluss, von wo aus der Schulbus fuhr. Eigentlich hatte sie nichts gegen dieses Stückchen Weg zu Fuß, da meistens irgendein Abenteuer sich ereignete, wenn auch nur in ihrer Fantasie.

Der Weg vom Haus ging steil nach unten, auf der einen Seite abgegrenzt durch eine tiefe Schlucht - damals geschlagen durch die Steinlawine - an den Ländereien mit Pfirsichbäumen und Weintrauben vorbei. Die Pfirsiche, die schönen gelben, waren ein Genuss. Sie fand es immer interessant einen Pfirsich aufzubrechen und die kleinen weißen Würmchen zu beobachten, die verzweifelt versuchten, sich zu verstecken. Damals gab es noch keine Chemiekeulen, durch die alles geschmacklos und vergiftet wurde, und somit waren die Erträge der Farm immer frisch, aber eben auch häufig voller Würmchen. Ihr Bruder schimpfte meistens, weil sie zu lange trödelte und sie sich richtig beeilen mussten, um den Bus zu erreichen. Es gab ja nur einen Bus. Wenn man den verpasste, konnte man wieder nach Hause gehen.

Am Weg ragte hohes Reet auf, und eine weitere Faszination boten die vielen Zecken, die auf den Reethalmen saßen. Wenn ihr Bruder nicht aufpasste, nahm sie sich einen Halm mit und konnte sicher sein, dass die Bewohner dieses Halmes sich im Bus über die Kinder hermachten.

Die Schulkinder trugen in Südafrika Schuluniformen. Sie war mächtig stolz, als sie ihre erste bekam. Der Blazer war dunkelblau mit Goldbordüren an den Ärmeln, und ihr Schulwappen war eine aufgehende Sonne hinter hohen Bergen. Sie fand es sehr schön. Dazu kamen ein dunkler Rock und schwarze Strümpfe mit Strapsen. Die waren sehr lästig. Die Dinger gingen häufig auf, wenn man zu wild war, und die Strümpfe waren im Sommer extrem warm. Es waren auch die Strümpfe, die die größeren Jungen veranlassten, die Mädchen „maskierte Suppenknochen" zu nennen.

Die Schulzeit war nicht glücklich. Sie war immer eine Außenseiterin, verträumt und meistens allein. Bei den Ballspielen durfte sie nicht mitmachen, weil sie auch einfach viel zu ungeschickt war und häufig verursachte, dass ihre Partei verlor. Aber auch sonst wurde sie verstoßen und nicht in die allgemeinen Cliquen aufgenommen. Wie oft hatte sie geweint über diese Gemeinheiten, und hätte sie nicht ihre überaus lebendige Fantasie gehabt, wäre sie ein sehr unglückliches Kind gewesen. Sie spürte jedoch instinktiv, dass es etwas Besonderes war, so eine Fantasie zu besitzen. Im Grunde war sie doch nie allein. Man konnte selbst die Personen, Tiere und Geschichten dazu dichten und hatte damit einen Schatz von viel größerem Wert.

Ein Geschrei, Gepfeife und allgemeines Tohuwabohu schreckte Marie aus ihren Träumen. Sie lief schnell zum Rande des ‚Stoeps' und sah, wie ein schwarzes Mädchen mit Kopftuch aus dem gegenüberliegenden Haus rannte.

„Was ist los?", fragte sie und spähte die Straße entlang.

„Ek weet nie, Nooi", (Ich weiß es nicht, Madam) antwortete das Mädchen und lief davon. Jetzt konnte sie deutlich weiter unten in der Straße ein Menschengedränge erkennen. Wenig später stürmte ein Mann blutüberströmt an ihrem Haus vorbei. Schnell nahm sie ihre Sachen und ging in das Häuschen, das sie jetzt sorgfältig abschloss. Das war nicht das erste Mal, dass Unruhen in der Straße sie aufschreckten. Neuerdings kam das häufig vor, und sie hatte sich schon fast daran gewöhnt. Südafrika war nicht mehr das friedliche, verträumte Land, das sie aus ihrer Kinderzeit kannte. Gewalt war allgegenwärtig. Sie hatte sich dieses Häuschen mit Blick auf das Meer erworben, das an den Hängen des Tafelbergs lag. Es war alt und im Kolonialstil gebaut und es hatte ein rotes Blechdach. Ringsum lief das traditionelle rote ‚Stoep'. Von dort hatte sie eine herrliche Aussicht auf das Meer. Hier saß sie viele Stunden und dachte über die Vergangenheit und ihre Kindheit nach. Manchmal wenn die Wehmut über das Vergangene zu groß wurde, setzte sie sich einen Strohhut auf, schloss das Häuschen ab und machte lange Spaziergänge an der Küste entlang. Man kannte die einsame Frau schon, die immer alleine zu Fuß ging. Heute, wie damals, taten das nur die Schwarzen.

Merkwürdigerweise ließ man sie in Ruhe und nannte sie respektvoll „Nooi", (die alte Bezeichnung für die weiße Frau). Wie früher als Kind auf ihrer geliebten Farm, hatte sie auch hier ihre imaginären Wege, die sie immer nahm. Sie kannte jeden Pfad, jeden Strauch und jedes Hügelchen.

Die Sonne stand schon sehr niedrig, und senkte sich fast in das kobaltblaue Wasser des Meeres, als sie an ihr geliebtes Plätzchen kam. Ein großer Felsen, umringt von der wunderschönen „Kingsprotea". Ein Gebilde, das zu leben schien von all den Insekten, die die wunderschönen, majestätischen Kelche besuchten. Von hier aus konnte sie gut das Meer sehen, und wenn sie den Kopf drehte, Lionsneck und Tafelberg. Hier war sie allein und eins mit der Natur. Hier konnten Sie ihren Gedanken den freien Lauf lassen.

Die letzten Strahlen der Sonne, die jetzt ihr Gesicht sanft streichelten, lösten in ihr dasselbe Gefühl aus, das sie damals hatte, als sie als Kind von neun Jahren hoch oben in einem Baum saß. Sie musste immer hoch hinaus. Da war sie frei und unverletzlich. Sie konnte sich in eine Welt versetzen, die es gar nicht gab. Die warmen Sonnenstrahlen waren wie ein Vorhang. Wenn die Sonne weg war, erschien eine neue Welt.

Plötzlich kam ein ziemlich kalter Wind auf und sie fröstelte. Mit einem Seufzer ging sie den Weg zurück und beobachtete die vielen Feuerchen, die jetzt überall ihre Rauchsäulen in die untergehende Sonne hochsandten. Es war wieder Ruhe eingekehrt auf der Straße und sie öffnete die Fenster. Innen war es gemütlich. Ein Feuer brannte im Kamin und ringsum war schönes Kupfergeschirr aufgereiht. In der einen Ecke stand ihr Bett, bedeckt mit einer schönen handgewebten Pondodecke[2], und auf dem runden schweren Tisch standen Blumen und Bücher. Bücher waren ja immer ihr Trost. Wenn die Einsamkeit zu groß wurde, nahm sie eines der alten Bücher, die ihr geliebter Mann gesammelt hatte. Sie streichelte dann zärtlich über das alte Papier und die alten Schriftzeichen und erinnerte sich daran, wie sehr er sich über seine Bücher gefreut hat.

„Marie, träumst du schon wieder?"

Wie häufig hatte sie diesen Ausruf in der Schule gehört? Sie musste sich erst tausend Meilen entfernen, um wieder in die Wirklichkeit zu gelangen. „Marie is deur die blare" (Marie träumt) stand häufig in ihrem Schulheft. Sie musste sich immer sehr anstrengen, um dem Schulunterricht zu folgen. Nachmittags, wenn die Schule aus und sie wieder zu Hause war, konnte sie herumstreunen und allerhand Unfug anrichten.

Einer ihrer Lieblingsspäße war es, heimlich in die Speisekammer ihrer Mutter hinein zu schleichen. Dort gab es alle möglichen Leckereien, aber merkwürdigerweise machte sie sich immer über einen Topf mit Mehl her, nahm eine Tasse und rührte Zucker ins trockene Mehl. Das wurde nun trocken gelöffelt, und eigentlich schmeckte es gar nicht so gut, aber es war interessant, wenn man husten musste. Dann spritzte das Mehl in die Gegend.

Mittags war Ruhezeit. Dann legte ihre Mutter sich hin und hörte eine Symphonie. Meistens hörte sie sie eigentlich nicht, denn mit den ersten harmonischen Tönen war sie eingeschlafen.

Dies war dann die Zeit, in der Marie sich leise davon machte. Rechts vom Haupthaus lagen Mauerresten, die angeblich früher einer englischen Adligen gehörte. Lady Ann Barnett.

Die gab es wohl wirklich, und ausgerechnet diese Farm hatte ihr damals gehört. Sie ließ sich ein Bad im Freien bauen mit Mauern und Türmchen und einem Dach darüber. Mit mehreren Stufen konnte man in zwei verschiedene Ebenen des Bades

---

[2] Traditionell gewobener Stoff der Pondos;
Die Pondos sind ein Bantustamm, der Xhosa spricht

gelangen. Ein kleiner Wasserfall sorgte immer für kristallklares Wasser, das ruhig von Ebene zu Ebene plätscherte. Jetzt war das Dach weg und nur die Mauerreste waren übriggeblieben. Allerdings gab es das Bad immer noch, und man konnte darin baden. Das Wasser war aber höllisch kalt, sodass man sich selbst im Hochsommer nur ein paar Minuten darin aufhalten konnte. Außerdem waren jetzt Frösche und gelegentlich sogar Schlangen in dem Bad zu finden.

Einmal, als sie wieder träumte und ihre Füße baumeln ließ, kringelte eine Schlange sich blitzschnell um ihr Bein. Als sie schrie und ihr Bein schüttelte, glitt das Tier geschmeidig ins Wasser hinein, und sie konnte beobachten, wie sie davon schwamm. Das war aber ein Schreck gewesen!

Ein mächtiger Lohquartenbaum überragte dieses alte Gemäuer. Marie kletterte gerne in diesen Baum und konnte stundenlang dasitzen und alles beobachten. Die Frösche mit ihren Kaulquappen, kleine und große Käfer, wunderschöne Libellen, und gleichzeitig konnte sie auch nach Herzenslust Lohquarten essen… Viel später, als sie in Griechenland mit ihrem Mann wieder einmal einen Lohquartenbaum sah, kamen die ganzen friedlichen Gefühle von damals zurück.

Weiter im Feld, schon überwuchert von vielen einheimischen Pflanzen, lagen die Überreste von Mauern. Sie hatte nie erfahren, was diese bedeuteten. Sie sahen aus wie Pflanzenbecken, waren aber terrassenartig angelegt. Hier hatte sie natürlich in ihrer blühenden Fantasie ein Märchenschloss hinein geträumt. Endlos waren die Geschichten, die sich zwischen diesen Mauern abspielten.

Eines Tages kletterte sie höher als je zuvor an den Hängen des Berges hoch. Sie musste dazu die Geröllmassen der Felslawine, die vor langer Zeit alles kurz und klein zertrümmert hatte, überqueren. Es hatte stark geregnet und jetzt kam ein Fluss den Berg herunter. Sie bückte sich an einer der vielen klaren, ruhigen Quellen und trank von dem Wasser. Es war eiskalt, aber sie genoss es und wusch ihr Gesicht mit dem kalten Nass. Sie tauchte ihre Füßchen rein, aber das Wasser war wirklich zu kalt. Jetzt sprang sie von Felsbrocken zu Felsbrocken und kam trocken auf der anderen Seite an. Ein großer Baum hatte es ihr angetan. Majestätisch und stolz ragten einige seiner Äste über das Wasser, und hoch hinaus wuchs dem Stamm der Sonne entgegen. Mühelos kletterte sie den Baum hoch, sprang und zwängte sich von Ast zu Ast, bis sie ein Plätzchen gefunden hatte, von dem aus sie sogar noch ihr Zuhause erblicken konnte. Sie machte es sich bequem und wartete. Es dauerte auch gar nicht so lange, bis eine ganze Truppe Paviane zum Wasser kam. Jetzt hielt sie doch den Atem an. Das ranghöchste Männchen war riesig groß. Schwarz war er und saß mit gefletschten

Zähnen zur Bewachung der Gruppe auf einem Felsen und stieß ab und zu ein raues „Bochum" aus. Die Jungen spielten und tollten auf den Felsen, gruben ab und zu Skorpione aus und fraßen sie. Blitzschnell brachen sie den Stachel ab, bevor der überraschte Skorpion zustechen konnte. Die Weibchen vertrieben ihre Zeit mit der Fellpflege und achteten auf ihre Kinder. Es war ein friedliches Völkchen.

Was nun geschah, konnte sie erst viele Jahre später deuten und dann wurde ihr bewusst, dass sie etwas sehr Sonderbares und Kostbares gesehen hatte.

Das Männchen stieß einen Befehl aus. Jetzt formten die Kinder einen Kreis. Vorne die ganz Kleinen, die Halbwüchsigen dahinter und dann die Weibchen mit den Babys. Ein oder zwei Weibchen kamen in die Mitte des Kreises. Es war eine Art Schule! Das Weibchen legte nacheinander ein, zwei Steinchen vor eines der Kinder und wartete auf irgendeine Antwort. Scheinbar lernten sie, zu zählen. Eins, zwei, drei und der Rest war einfach „viele". Ob das nun wissenschaftlich bewiesen war, wusste sie nicht, aber viele Jahre später konnte sie sich noch gut an die Affenschule erinnern.

Zum Glück wurde sie nicht bemerkt, und da es wieder dunkel wurde, kletterte sie hastig den Baum hinunter. Sie brauchte weniger Zeit, bis sie wieder zurück war, denn zuvor hatte das Hinaufklettern länger gebraucht.

Vor ihr lag jetzt der Hühnerstall. Da lebten friedlich und glücklich etwa dreihundert Hühner. Sie wurden eigentlich in der Hauptsache wegen ihrer Eier gehalten, die sei reichlich legten. Der Stall war ein umzäuntes Gelände mit Bäumen und Sträuchern, eine kleine Wasserstelle, verschiedene, niedrige Entenhäuschen und überdachten Schlafstellen. Jetzt, um diese Zeit, fingen die Hühner an, ihre Schlafstellen aufzusuchen. Die Hähne waren prächtig. Es waren sogenannte „Leghorns". Große Tiere mit weißem Gefieder und wunderschönen Schwanzfedern. Das Weibervolk war gemischt. Es gab schöne braune Hennen, aber auch weiße und sogar gelbe. Hier war es immer so friedlich, und wenn die Hennen ihre Küken mit liebevollem „Kruh-kruh" anlockten und ihnen kleine Fliegen oder Käferchen anboten, war es herrlich zu sehen, wie die Kleinen wie der Blitz hinter einer Fliege herrannten und diese meistens auch einfingen. Die Geschwister waren dann sofort dabei und wollten auch ihren Teil. Die Hühner waren alle zahm, und sie konnte sogar ab und zu eine Henne fangen, sie auf ihren Schoß setzen und sie streicheln. Die Henne machte dann die Augen zu und genoss sichtlich diese ungewöhnliche Aufmerksamkeit.

Hinter dem Hühnerstall befand sich der Kaninchenstall. Eine etwa ähnliche Anlage, mit einem Unterschied, dass man dort kaum laufen konnte, weil die Kaninchen bekanntlich gerne Tunnel graben und unterirdische Höhlen anlegen.

Sie konnte sich noch gut darin erinnern, wie ihr Vater eines Tages nach Hause kam mit einem kleinen schwarzen Wollknäuel unter seiner Jacke. Ein Schwarzer hatte es ihm unterwegs angeboten, und ihr Vater, der sehr tierlieb war, konnte nicht widerstehen. Das Kaninchenkind lebte zuerst bei ihnen im Haus, aber da war die Gefahr mit den siebzehn Katzen doch zu groß, und so wurde es dann in diesem großen Gelände untergebracht. Aber das Kaninchen war einsam, und so holten sie ihm einen Kameraden. Dieser allerdings war weiblich, und es dauerte gar nicht lange, bis sie sechs neue Kaninchen hatten, und wieder nicht lange danach, erneut sechs usw. usw. Ja, und dann waren es irgendwann etwa hundert, die friedlich vor sich hin lebten. Traurig war, dass manche von ihnen ertranken, wenn ihre Tunnel nach starkem Regen vollliefen. Das Verpflegen dieser Tierchen war kein besonderer Aufwand, weil die Kaninchen dasselbe Futter fraßen wie die Hühner.

Eines Tages kam ihr Bruder stolz nach Hause mit einer Schlange unter seinem Hemd. Die sah sehr gefährlich aus. Wenn man sie auf den Boden legte, zog sie ihren Kopf zurück, zischte und stieß blitzschnell nach vorne. Ihre Mutter hasste das Tier, obwohl sie nur eine Eierschlange war und völlig ungiftig. Ihr Bruder machte sich damit natürlich einen Heidenspaß um das Völkchen zu erschrecken. Diese hatten, wie auch bei den Affen, eine angeborene Angst für alles, was nur einer Schlange ähnlich sah. Man konnte sie sogar mit einem Gartenschlauch in die Flucht jagen.

Die Schlange wurde mit Eiern gefüttert, und es war schon sehr interessant zu sehen, wie sie ihr Maul aufsperrte und ein Ei, zweimal so dick wie ihr eigener Durchmesser, langsam in den Schlund verschwinden ließ. Dann spannten alle Muskeln, und eine gewaltige Kraft entwickelte sich in dem geschmeidigen Leib. Nach etwa einer Viertelstunde spie sie die leere Hülle wieder aus.

Groß war das Unglück für meinen Bruder, als sie eines Tages einfach verschwand und nie wieder gesehen wurde…

Das Feuerchen knisterte und brachte sie langsam wieder zurück in die Wirklichkeit. „Ach, war das eine schöne Zeit", seufzte sie. Vielleicht sollte sie sich auch wieder mal ein Tierchen zulegen, dann wäre die Einsamkeit nicht ganz so groß. Sie hatten ja immer Tiere gehabt. Es waren schließlich Kätzchen, die die beiden zusammenbrachten. Sie musste lachen. Sie und ihr Mann fütterten die Katzen mit Oliven! Das war die erste Gemeinsamkeit. Es hatte sich gezeigt, dass sie sehr vieles gemeinsam hatten und ihre Ehe war so glücklich. Sie hatten viele lange wunderschöne Jahre zusammen. Eigentlich konnte sie doch nur noch dankbar sein, wäre da nicht die Einsamkeit.....

Für Morgen hatte sie sich viel vorgenommen. Sie wollte probieren ihre Erinnerungen nicht nur aufzuschreiben, sondern auch zu illustrieren. Dazu brauchte sie Farbe, Zeichenstifte und Malpapier. Vor vielen Jahren hatte sie gezeichnet und gemalt, und eigentlich gar nicht so schlecht. Jetzt wollte sie es wieder versuchen. In der Stadt war alles zu kaufen, aber sie scheute die Menschen und den Lärm und ging mit Widerwillen in die modernen Kaufhäuser. Zwischen den Reihen von Armen und Bettlern ragten die Luxushäuser mit ihrem Reichtum heraus. Die Schaufenster waren hell erleuchtet und boten alles an, was das Herz der Gutverdienenden sich wünschte. Für die Armen blieb nichts übrig, keine Versorgung, kein Trost, kein Stück Brot. Es war ihr immer unangenehm inmitten dieses Elends einzukaufen, und jedes Mal gab sie einem armen Kind etwas zu essen. Aber die anderen, die Reichen, die Mächtigen, die Selbstsüchtigen, die liefen vorbei.

Ein schwarzes Kindchen, das an einer Mauer gekauert saß, erinnerte sie an Stinnie…

Stinnie war eines der acht Kinder, die auf ihrer Farm lebten, und Stinnie war etwas ganz Besonderes. Nicht die wunderschönen großen Augen, nicht das strahlendweiße Lächeln, nicht die schmalen zierlichen Händchen des Kindes machten sie so schön. Nein, es war etwas ganz Seltsames. Stinnie lebte nicht in dieser Welt. Stinnie war wie ein Engelchen.

Es war an einem ganz schrecklichen Wintermorgen, als Nebel tief über den Ländereien lag, und man sich einfach nur im Bett einkuscheln wollte, als Stinnie ganz bewusst in ihr Leben trat. Sie war nämlich in das Feuer gefallen und hatte sich entsetzlich verbrannt. Die Schreie und das Wimmern konnten sie nie vergessen. Die Mutter kam mit dem Bündelchen Schmerz und Elend zu ihren Eltern und hielt ihnen das halbtote Kind entgegen. Ihr Vater war Arzt und konnte somit schnell das Nötigste tun. Sie griffen das Kind und fuhren sofort zum Krankenhaus. Aber das Krankenhaus war nur für Weiße… Stinnie wurde notdürftig versorgt, und zwar nur, weil ihr Vater Mord und Totschlag gedroht hatte, aber er musste sie wieder mitnehmen und von diesem Tag an lebte sie in ihrer Familie. Ein schwarzes Kind in einer weißen Familie! Sie wurde Tag und Nacht von der ganzen Familie betreut und langsam aber sicher wurde sie wieder gesund. Das Kind schien instinktiv zu verstehen, was geschehen war und ihre Dankbarkeit war rührend. Ihre Mutter brauchte nur die Augen zu heben, dann wusste Stinnie, was sie wollte und war sofort zur Stelle. Mit der Zeit waren die Narben kaum noch sichtbar und Stinnie wuchs zu einem wunderschönen anmu-

tigen Mädchen heran. Ihre eigene Mutter war sehr glücklich darüber, dass ihr Kind eine Erziehung genoss und sich sichtlich wohl fühlte in der weißen Familie, doch das Land wollte es anders. Die Versuche ihrer Eltern, das Mädchen zu adoptieren, schlugen fehl. Während dieser Zeit verloren sie deshalb viele Freunde und waren schließlich dazu gezwungen, Stinnie in eine Art Internat für Farbige zu geben, wo sie wenigstens eine gute Erziehung erhielt, um später dann doch nur für Weiße das Hausmädchen zu sein…

Es war Stinnie, die sie jetzt zuerst aufs Papier brachte, erst in groben Strichen, dann zarter und zarter und sie es gelang ihr sogar, das Wesen des Mädchens in der Zeichnung einzufangen. Das dunkelbraune Gesichtchen mit den großen, großen Augen.

„Wo bist du jetzt, Stinnie", flüsterte sie dem Bild zu. „Was ist bloß aus dir geworden?"

Das Bild war sehr gut gelungen, und sie stellte es stolz auf den ‚Stoep' gegen die Wand gelehnt. Das war ihr Bild Nummer 1.

Sie war erstaunt, dass ihr das Malen nach so langer Zeit so leicht fiel. Es war so einfach! Ihre Finger produzierten auf Leinwand oder Papier die Bilder, die in ihrem Kopf waren. Das Leben von damals.

Bild Nummer 2 wurde eine Landschaftsaufnahme vom ‚Sunporch' aus gesehen auf die Berge. Die rote Glut der untergehende Sonne, tauchte die Pieken in ein zartes Rosa und das herbstliche Rotgelb der Eichenwälder auf dem Gemälde erweckte ein Gefühl von einem, sich zum Schlafen legenden Herbsttag mit einem zart wehenden Lüftchen, das die Gerüche der Feuerstellen des Völkchens mit sich führte.

Das Malen war Balsam für ihre Seele. Hiermit konnte sie alles ausdrücken was sie gefreut, geärgert, beschämt, geliebt hatte. Eine tiefe Ruhe und Glückseligkeit legte sich über sie, und jeden Tag fieberte sie richtig danach, wieder anzufangen.

Bild Nummer 3 wurde das Bildnis ihrer Mutter. Sie war eine besondere Frau gewesen. Hochgewachsen und dunkelhaarig und von edler Haltung. Sie stammte auch aus einer reichen deutschen Familie, und es hatte ihr nie an etwas gefehlt. Ihr Vater war Hals-, Nasen- und Ohrenarzt und ihr Großvater eine Berühmtheit. Er war der Gründer der evangelischen Kirche in Pretoria und war früher sogar jüdisch! „Der Rabbi", hatte ihr Mann immer gelacht. „Der Rabbi und seine Frau Rosa."

Von ihrer Mutter hatte sie vermutlich ihre Wildheit geerbt. Ihre Mutter war eine gute Reiterin, und ihr Lieblingspferd hieß Sultan. Es existierte ein Bild ihrer Mutter auf Sultan gekleidet mit einem Turban und Burnus. Das Bild wird sie auch nie vergessen.

Nicht nur die Wildheit stammte von der Mutter. Auch ihre Begabung für das Klavier. Ihre Mutter wollte eigentlich Konzertpianistin werden, aber da begegnete sie ihrem Mann, und das Schicksal meinte es ganz anders mit den beiden.

Im Wohnzimmer stand ein Flügel. Ein Steinway. Ein wunderschönes Instrument, das die schönsten Töne hervorbrachte, aus tiefschwarzem Ebenholz geschaffen. Abends spielte ihre Mutter oft Chopin oder Beethoven. Über diese wohllautenden Melodien konnte sie sanft einschlummern.

Sie hatte schon früh angefangen Klavierunterricht zu nehmen und somit dauerte es gar nicht lange, bis sie ihr erstes Konzert geben musste. Zwar nur in der Schule, aber immerhin. Wie echt.

Sie erinnerte sich ganz deutlich an den Abend...

Sie trug ein blaues Samtkleid - von ihrer Mutter genäht - und ihr langes Haar war zu einem Pferdeschwanz hoch gebunden. Dann kam ihr Einsatz. Sie stellte sich auf das Podium vor dem Flügel und schaute in den Zuschauerraum. Eigentlich alles Bekannte. Die Eltern, die Lehrer, die Kameraden. Kein Grund zur Besorgnis.

Jetzt setzte sie sich auf das Bänkchen und blieb einfach sitzen. Eine Ewigkeit. Das Publikum wurde schon unruhig. Dann holte sie tief Luft, streckte ihren Hals und schloss die Augen. Sie war zu Hause. Sie übte nur. Und dann spielte sie wie noch nie in ihrem Leben. Die Finger glitten über die Tasten, die schwierigen Stellen schwebten vorüber, die Melodien sangen in ihrem Innersten. Sie spielte!

Nie wird sie den Stolz in den Augen ihrer Mutter vergessen. Minutenlang wurde applaudiert und ihr Herz schwoll.

Ihre Mutter war auch sonst eine besondere Person. Sie war eine bessere Schützin als alle Militärkameraden ihres Vaters, und wenn Wettkämpfe stattfanden, traf sie mit der schweren Armeepistole ihres Mannes alle Ziele.

Diese Kunst kam ihr eines Tages auf ganz andere Weise zugute...

Jeden Nachmittag ging sie mit einem Körbchen zum Hühnerstall und holte die Eier unter den Hennen hervor. Diese wollten aber brüten und waren immer missmutig, wenn sie die Hand unter sich fühlten. Manchmal pickten sie auch danach. Eines Tages aber, kam ihre Mutter wieder zurück, holte die Pistole und bat Marie, die Hunde einzusperren und ganz leise zu sein. Es war sehr aufregend, weil Marie überhaupt keine Ahnung hatte, was da vor sich ging.

Es war eine Kobra! Riesig groß lag sie auf einem Nest mit Eiern und hob sich majestätisch hoch, als sie ihre Mutter sah. Sie spreizte ihren Nackenschild und wog sich sanft hin und her. Das Zünglein zischte ein und aus. Sie war prächtig anzusehen, aber so schön sie auch war, sie war enorm gefährlich und giftig. Das Schaukeln machte es sehr schwierig, zu zielen, aber ihre Mutter stand ruhig da und drückte plötzlich ab. Sie traf der Schlange mitten in den Hals. Die Schlange schoss in die Höhe, kringelte sich ein paar Mal, war aber auf der Stelle tot. Als ihr Bruder mit dieser Trophäe nach Hause kam, floh alles Völkchen und sie kamen erst wieder am anderen Tag zurück. Sie hatten doch so eine mächtige Angst vor Schlangen!

Ein kleines Etwas strich um ihre Beine. Ein Kätzchen! Sie war schwarz-weiß-braun getigert und hatte herrliche grüne Augen. Sie sperrte das Mäulchen auf, aber es kam kein Ton hervor. „The silent miau", hieß es in einem Buch von Paul Gallico.

„Ja Kätzchen, willst du etwas Milch?". Sie stand sofort auf und ging in die Küche um ein Schälchen mit Milch zu holen. Das Kätzchen folgte ihr vertrauensselig.

„Willst du bei mir bleiben?", fragte sie hoffnungsvoll und war erfreut als das Kätzchen wieder hoch guckte und jetzt ganz deutlich „mirr" sagte. „Mirr" hat in der Katzensprache, neben diversen anderen Bedeutungen, auch die eines ganz einfachen „JA".

Als das Kätzchen gesättigt war und zufrieden in der Sonne auf dem „Stoep" saß, begann es, sein Fell zu putzen. Marie wandte sich unterdessen wieder dem Bild ihrer Mutter zu. Sie hatte ihr das wunderschöne rote Kleid „angezogen", an dem sie lange genäht hatte und welches ihrer Figur prächtig stand.

Das Kätzchen schnurrte.

Ihr viel ein Geschehnis ein, an das sie ewig dachte…

Es war wieder Nachmittag, und als sie in das Schlafzimmer ihrer Mutter schaute, sah sie, dass sie schon herrlich schlief und leise schnarchte.

Das war ihr Moment. Ganz still schlich sie aus dem Haus und begann, umherzu-streifen. Heute hatte es ihr das Schwein des Völkchens angetan. Mit Brot in den Hän-den ging sie den steilen Weg nach unten und suchte das Schwein. Es war ein großes Tier und eigentlich hässlich, aber die nasse Schnauze und das stachelige, borstige Haar des Tieres hatten sie immer schon fasziniert. Es ließ sich kaum anfassen und zog sich, nachdem es das Brot genommen hatte, ein Stück zurück. Eigentlich ein langwei-liges Viech.

Jetzt hatte aber eines der älteren schwarzen Mädchen sie entdeckt und erzählte davon, dass sie wusste, wo sich noch ein Nest mit Eichhörnchen befand. Marie solle mitkommen. Das war natürlich viel interessanter als das Schwein. Sofort machten sie sich auf den Weg, durch die Schwarzensiedlungen Richtung Fluss. Sie wusste, dass es verboten war, in die Schwarzensiedlungen zu gehen, aber diesmal war die Verlo-ckung einfach zu groß.

Plötzlich hörte sie Schritte hinter sich. Es war ihr Bruder.

„Mama ist sehr böse", sagte er warnend. „Diesmal bist du zu weit gegangen".

Schluchzend trottete sie hinter ihm her in Erwartung ihrer Strafe.

Ihre Mutter war tatsächlich wütend, und als sie sie sah, griff sie aus der Hand des Bruders eine kleine Bambuspfeife, die er sich selbst geschnitzt hatte, und versohlte ihr den Hintern. Es war nicht nur der Schmerz, es war das Ungewohnte, geschlagen zu werden, und dann noch von der geliebten Mutter. Die Strafe war ungeheuerlich! Sie riss sich los und rannte in ihr Zimmer und verkroch sich hinter dem Schrank. Da konnte niemand sie erreichen.

Lange saß sie da und weinte still vor sich hin. Niemand kam sie suchen. Niemand kam sie trösten und nach und nach wurde es auch ziemlich langweilig hinter dem staubigen Schrank. Sie wusste haargenau, dass sie etwas sehr Böses getan hatte, dadurch dass sie weggelaufen war. Es war ihr ja schließlich eindringlich verboten worden. Dann war sie doch eigentlich selber schuld, und nicht ihre Mutter? Die hatte doch nur Angst um sie gehabt.

Nach langer Zeit kroch sie hinter dem Schrank hervor und ging in die Küche, wo sie ihre Mutter wusste.

„Mama"..., sagte sie wehleidig, und als ihre Mutter sie sah, fliegen sie einander in die Armen und die Liebe füreinander siegte.

Das Leben auf der Farm war so friedvoll und glücklich...

Jeden Samstag stieg die ganze Familie in den Wagen, und dann fuhren sie etwa fünfzig Kilometer zum Strand. Da wurden dann frische Fische gekauft. Der Geruch von Fisch und Meer hatte etwas Herrliches. Sie und ihr Bruder kletterten unter den Pier und suchten Muscheln und Krebse. Nach dem Fischkauf gingen sie über die Straße zum Café. Da gab es dann „Fish & Chips". Der gebratene Fisch wurde mit Essig übergossen, die Chips kamen dazu, und das Ganze wurde in Zeitungspapier hinein gepackt und kräftig zu einem Päckchen zusammengedrückt. Beim Auspacken klebten dann die Fetzen Zeitungspapier noch an dem Fisch, aber das machte nichts. Es schmeckte auch so.

Der frisch gekaufte Fisch wurde dann zu Hause geschuppt und sie mussten immer lachen, wenn die Katzen hinter den Schuppen herjagten. Immer das gleiche Spiel und doch war es immer wieder neu.

Häufig, an den Wochenenden, war ihr Vater der Koch. Dann durfte die Mutter nur zuschauen und aufräumen. Wenn es Mais in Butter gab, pflückte Marie die Mais-kolben aus dem Maisfeld. Man musste darauf achten, dass die Barthaare braun und brüchig waren, dann war der Mais genau richtig zum Verzehr. Mit einem ganzen Körbchen voll Mais kam sie dann in die Küche zurück. Dort wurden die Blätter von den Maiskolben entfernt. Diese wurden dann draußen auf die Felslawine gelegt. Dann kamen die kleinen Murmeltiere, und sie konnten ihnen beim Essen zuschauen. Die Kleinen freuten sich sehr über diese Leckerei.

Manchmal gab es auch Pfannkuchen. Nur ihr Vater konnte so Pfannkuchen ba-cken, und auch nur er konnte sie mit einer wendigen Bewegung in der Luft wenden, um sie dann souverän wieder in der Pfanne aufzufangen.

Eine richtige Tradition waren die Pilgerfahrten am Freitagabend zur Bibliothek in der Stadt. Das waren herrliche Momente und sie genoss die kalte Stille der riesigen Räume. Was gab es da für Schätze! Sie suchte sich häufig Bücher der griechischen Mythologie und Reise- und Abenteuererzählungen aus. Die eigentlichen Kinderbü-cher machten nur einen kleinen Teil des Mitgenommen aus. Die Eltern hatten eine Abteilung für Erwachsene. Dort durfte sie keine Bücher ausleihen, die waren ja schließlich für Erwachsene.

An einem besonders schönen Abend kamen sie etwas später als gewohnt zurück nach Hause. Die kleine Foxterrierhündin kam ihnen entgegengelaufen mit einem ungewohnt schlechten Gewissen. Sie hielt ihr Körperchen ganz schief und wedelte unaufhörlich mit dem Stummelschwänzchen.

„Was hast du gemacht...", drohte ihr Vater und das Hündchen winselte. Irgendetwas war nicht in Ordnung. Die Colliehündin stand dabei mit einem Gesichtsausdruck, der sagte: „Ich habe es geahnt, das wird schief gehen".

Die Kleine hatte aus Wut, weil man sie länger als sonst allein gelassen hatte, einen Haufen Bücher in die Zähne genommen und diese in tausend Stücke gerissen. Das zerfetzte Papier flog nur so durch die Gegend. Nicht nur das, sie hatte sich irgendwie einer Tube Zahnpasta bemächtigt, und auch hiermit eine richtige Schmiererei angefangen. Das war jetzt nicht mehr lustig und sie wurde sehr ausgeschimpft. Wenn man das Gesichtchen sah, konnte man aber einfach nicht mehr böse sein.

Sie war überhaupt der Liebling der Familie und nachdem sie fast gestorben war, wurde sie noch mehr umsorgt.

Marie erinnerte sich an einen Tag, an dem sie mit Masern im Bett lag…

Das Fieber war sehr hoch gestiegen, und sie nahm alles nur mit einem seltsamen Gefühl von Abwesenheit war. Die Foxterrierhündin sprang auf ihr Bett, und da das nichts Ungewöhnliches war, beachtete sie sie nicht sehr. Als aber ihr ganzes Bett zu zittern begann, richtete sie sich mühsam auf. Da sah sie zu ihrem Entsetzen, dass das Tierchen von einer Schlange gebissen worden war. Der Schlangenzahn steckte noch in ihrem Köpfchen! Gott sei Dank waren beide Eltern da, und so konnte das Hündchen in aller Eile zum Tierarzt gebracht werden, nach dessen Behandlung sie dann auch wieder gesund wurde. Sie lag aber eine Woche in der Küche mit einem Kopf, der auf die Größe eines Fußballes geschwollen war. Blut tropfte ihr aus Nase und Augen. So krank sie auch war, wenn man mit ihr sprach, wedelte das Schwänzchen.

So friedlich und glücklich das Leben auf der Farm auch war, es gab auch einige sehr unangenehme Momente.

Eines Tages, als sie am Flügel saß und ihre Klavierstücke übte, fühlte sie, dass jemand hinter ihr stand. Sie drehte sich um und sah in das Gesicht eines völlig fremden Schwarzen. Er stand einfach hinter ihr und lauschte auf ihr Spiel. Sie war aber zu Tode erschrocken und konnte noch nicht mal schreien. Wortlos verschwand er wieder.

Eine andere, sehr unangenehme Geschichte war die, als die ganze Familie bedroht wurde...

Ihr Vater war Reserveoffizier und Major in seinem Batallion. Dies bedeutete, dass er sechs Monate lang auf Reservistenübung gehen musste, und zwar in Oudshoorn, etliche hundert Kilometer weit weg. Er war dann tatsächlich die ganze Zeit fort und kam erst nach Ablauf der Übungen wieder. In dieser Zeit war ihre Mutter ganz allein mit den Kindern auf der Farm.

Eines Abends wachte die Familie durch Lärm und Getöse vor dem Haus auf. Eine Horde betrunkener Schwarzer johlte mit „Knobkerries" (ursprünglich ein Holzstock als Waffe der Zulus), bewaffnet, dass sie aus dem Haus kommen sollte, und der Anführer grölte: „Lass meine Madam in Ruhe, sie ist ganz alleine Zuhause!"

Jetzt entdeckte Marie eine andere, unbekannte Seite ihrer Mutter.

„Bleibt, wo ihr seid, oder ich schieße!"

In ihrer Hand hatte sie einen Revolver und so wie sie aussah, bestand kein Zweifel daran, dass sie auch wirklich geschossen hätte. Die Hunde tobten dazu und der Lärm war ohrenbetäubend. Jetzt schoss sie in die Luft und die Masse stürzte auseinander, war plötzlich vor Schreck wieder stocknüchtern.

In dieser Nacht gab es keinen Schlaf mehr, und sie saßen allen zusammen bis es wieder hell wurde.

Zum Glück passierte so etwas nicht wieder und die Ruhe kehrte zurück.

Dann kam ihr Vater nach Hause, aber oh Schreck, von den Fußspitzen bis zum Oberschenkel in Gips! Die Soldaten hatten sich an ihrem letzten Abend ein sehr gefährliches und obendrein doofes Spiel ausgedacht, nämlich das „Bockspringen". Zwei Männer, mit jeweils einem Mann auf dem Rücken versuchten einander umzuwerfen. Ihr Vater fiel mit dem Gewicht des oberen Mannes und brach sich sein Bein an mehreren Stellen.

Ein Jahr war er in Gips und die Ärzte prophezeiten, dass er nie wieder richtig laufen würde. Zum Glück aber, war ihr Vater ein Mann der sich nicht unterkriegen ließ. Unter ziemlichen Schmerzen bog und bewegte er seine Knie im warmen Wasser des Bades, solange, bis er eines Tages ohne Stock laufen konnte.

Auch er war eigentlich ein sehr ungewöhnlicher Mensch. Alles an ihm war spontan. Nichts wurde vorbereitet. Die Urlaube wurden meistens um vier Uhr morgens angekündigt, und ihre arme Mutter musste eigentlich immer bereit sein.

Eines Tages erschien in seiner Praxis ein Mann bei ihm, der ihm ständig über die Schulter schauen wollte, bis der Vater ärgerlich wurde, und ihn des Zimmers verwies. Da sagte der Mann, dass es seine Frau wäre, die da behandelt wurde und dass er ein Regisseur sei. Er wollte sehen, wie ihr Vater sich verhielt, wie er sprach, seine Körperhaltung usw. Das war natürlich Öl auf Papas Mühlen, denn der Mann wollte mit ihm eine Probeaufnahme machen und ihn auch noch als Hauptdarsteller in seinem Film „Fifty Pennies" haben! Der Mann war kein geringerer als Jamy Uys, der später sehr berühmt wurde mit seinen Tierfilmen „Beautiful People" und den sehr lustigen Buschmanngeschichten „The Gods are crazy".

Folge dieses Spiels war, dass die ganze Familie mit nach Oudshoorn ging, zu den Kangogrotten, wo der Film gedreht wurde…

Ihr war wie immer schlecht beim Autofahren. Der Staub und die Hitze verursachten, dass ständig neues Makeup für die Schauspieler aufgetragen werden musste. Die Szenen wurden wieder und immer wieder gedreht und allen war es langweilig, auch ihrem Vaters, der doch lieber Zahnarzt bleiben wollte. Das Unternehmen wurde abgebrochen, und es gab einen anderen Hauptdarsteller.

Ihr Bruder sah all diesen Geschehnissen eher stoisch zu. Er hielt nicht viel von so einem Wirbel und eigentlich sehr früh, zeigte sich der kommende Wissenschaftler. Es fing schon damit an, dass er alles auseinander nehmen wollte und dann auch wieder zusammenbauen konnte. Dies gelang ihm sogar bei Uhren! Er saß dann da mit einer sehr starken Lupe, tausend kleinen Schräubchen und Rädchen, und er bekam die Uhr sogar zum Laufen. Alles Technische interessierte ihn. Das alte Telefon konnte er auseinander bauen, und es machte ihm sehr viel Spaß sein Schwesterchen zu rufen, ihr zwei lose Drähte in die Händchen zu drücken, zu mahnen „schön festhalten", und dann mit einer Kurbel wild zu drehen. Natürlich gab es dann einen Schock, die Chose wurde fallen lassen, Gebrüll, Geschimpfe und Geschrei.

An einem Weihnachtstag bekam er als Geschenk einen Chemiekasten, mit wunderschönen Röhrchen in allen möglichen Farben. Eines Tages hatten sie Besuch von einem sehr lästigen Ehepaar. Dieses kam immer zur Teezeit um 10 Uhr morgens, blieb dann zum Mittagstisch und als ihre Mutter in der Küche stöhnte, dass sie froh wäre, wenn sie endlich gehen würden, kam ihr Bruder mit einem seiner Röhrchen herein und sagte ganz unschuldig: „Riechen Sie mal." Der dumme Mann nahm einen kräftigen Schnüff, wurde rot, wurde blau, lechzte nach Luft, die Tränen liefen ihm über die Wangen und er war plötzlich richtig erkältet! Der Bruder verschwand ganz schnell in seinem Zimmer, aber noch schneller verschwand das Ehepaar, um nie wieder zu kommen. Obwohl dieses Spiel natürlich ganz gemein war, amüsierten sich ihre Eltern köstlich Es war nämlich fast reines Ammoniak, das er so vertrauensselig eingeatmet hatte.

Ihr Bruder bastelte auch immer alles Mögliche, und Modellflugzeuge waren eines seiner Hobbies. Mit einem Freund des Vaters, einem Physikprofessor, ließen sie dann die Flugzeuge fliegen. Eines Tages aber schlug der Propeller zurück und hätte ihrem Bruder fast den Daumen abgeschlagen. Die Verletzung blutete ungemein stark! Danach ließ er sprichwörtlich lange die Finger von den Flugzeugen!

Es muss Anfang 1955 oder 1956 gewesen sein, als der erste „Sputnik" über das Land flog. Die ganze Familie stieg in den Wagen. Sie fuhren weit aufs offene Feld und trafen sich dort mit Oom Ludwig, dem Physiker. Er hatte alle möglichen technischen Geräte aufgebaut. Die Nacht war sternenklar und damals gab es noch gar keine Flugzeuge in der Luft. Man sah nur die Himmelsgestirne, das Kreuz des Südens, die Milchstraße, den Großen Bär und wie sie so alle heißen. Und dann hörte man ganz deutlich aus dem technischen Gerät ein „piep..., piep..., piep, piep". Dann war es da! Ein Lichtchen am Himmel, das deutlich eine Bahn zog, flog über sie hinweg. Es war so aufregend! Geschichte wurde gemacht!

Viel, viel später, als die Mondlandung geschah, war es nicht halb so aufregend, wie dieses: „piep..., piep..., piep, piep."

Da sie so weit entfernt wohnten von Stellenbosch, bekam ihr Bruder ein Moped. Mit diesem Ding fuhr er dann überall hin. Sie durfte auch mal mitfahren. Ohne Helm, barfuß und mit nackten Beinen stieg sie hinten auf. Sie klammerte sich ganz fest an ihren Bruder. Das war herrlich! Sie fuhren durch Weingegenden, der Wind rauschte und hob ihr Röckchen hoch, und ein Gefühl von Schwerelosigkeit erfasste sie. Sie fuhren dann eine geteerte Straße hoch, die von Eukalyptusbäumen gesäumt war. Die Straße zog sich immer höher und links hinauf, tief unten sah sie ein Flüsschen. Dann waren sie oben und hatten einen herrlichen Blick auf die Weinberge mit den schönen kapholländischen Farmhäusern. Es wurde aber schon spät. Da sie ziemlich weit von zu Hause fort waren, mussten sie zurück.

Dann geschah das Elend. Die Straße ging nun steil bergab. Plötzlich, ohne Vorwarnung, war sie nicht mehr geteert und endete genau in einer Kurve auf einer Schotterstraße. Sie rutschen auf dem Geröll aus. Das geschah eigentlich ganz langsam, gar nicht aufregend, aber ein entsetzlicher Schmerz ließ sie aufschreien. Das Moped war so gefallen, dass der glühend heiße Auspuff direkt auf ihrem nackten Beinchen lag und sich in ihr Fleisch einbrannte!

An das, was danach geschah, erinnerte sie sich eigentlich nur noch vage. Irgendwie kamen sie wieder nach Hause. Sie wurde dann sofort ins Krankenhaus gefahren. Dort wurde mit einer Art Bürste Grieß und Schotter aus der Wunde gebürstet, und dann wurde sie ohnmächtig.

Nachts war es am schlimmsten. Sie musste dann an Stinnie denken, die an ihrem ganzen Körperchen so verbrannt war. Die Tränen liefen ihr so manchen Tag und so manche Nacht über die Wangen, bis endlich der Schmerz nachließ und sie wieder Ruhe fand.

Kapitel III

Der Staudamm

Eines Tages stand ihr Bruder vor ihr und bestaunte bewundernd ihre Werke. „Marie, das ist ja unglaublich! Ich wusste überhaupt nicht, dass du so malen kannst!", rief er erfreut aus. „Das darf nicht nur allein für dich sein. Diese Bilder sind zu schön!"

Dann drehte er sich zu ihr.

„Hast du Mut noch einmal nach „Waterfalls" zu gehen und zu sehen was jetzt wirklich geschehen ist? Ich weiß noch nicht mal genau, ob unsere Farm tatsächlich betroffen ist. Es hängt davon ab, wie das Wasser geflossen ist. Vielleicht ist doch noch etwas zu retten?", sagte er hoffnungsvoll und sah sie an.

„Ich weiß nicht...", antwortete sie gedehnt. „Meinst du?"

Das war plötzlich eine völlig neue Perspektive. Die ganze Zeit war sie überzeugt, dass ihre Kindheit verloren war, weggespült durch Meter hohes Wasser. Das Haus, die Ländereien, die Terrassen, die Blumen, Sträucher, Bäume. Konnte so etwas denn möglich sein, dass vielleicht, vielleicht...? Nein! Das war doch wohl unmöglich. Weshalb sollte gerade ihre Farm noch stehen. Oder doch...?

Sie war aufgeregt wie noch nie.

„Wie kommst du darauf?", fragte sie gequält. „Ist da denn eine Chance?"

„Ja, ich habe nachgedacht", antwortete ihr Bruder. „Die Lage der Hänge könnte tatsächlich dafür gesorgt haben, dass das Wasser daran entlang floss. Erinnerst du dich an die tiefe Schlucht links vom Haus? Das Wasser muss eigentlich darin geflossen sein. Wie in einer Rinne, verstehst du? Unten wird natürlich wirklich alles überspült sein. Es besteht auch keine Chance, dass die Farm der Meyburgs überlebt hat. Auch das Haus mit dem Baum in der Mitte wird wahrscheinlich weg sein. Aber unsere Farm...Vielleicht doch!"

Der Gedanke war elektrisierend!

„Also komm! Lass uns sehen wie es dort aussieht."

Sie fuhren wieder den alten bekannten Weg zur Farm. Bis hier war das Wasser nicht vorgedrungen. Die alten Farmen standen noch genau an ihrem alten Fleck. Soweit war eigentlich gar nichts verändert.

Dann las sie plötzlich auf den Reklametafeln, die beidseitig den Weg säumten: „Road blocked, resevoir ahead". Der Weg war versperrt durch die Talsperre.

Sie fuhren langsam weiter, bis sie plötzlich einer riesig hohen Betonmauer gegenüber standen. Der Weg war zu Ende. Ihr Bruder parkte den Wagen, und sie stiegen aus. Wieder war da das Herzklopfen wie vor einem Jahr, als sie ihre Farm nach so vielen Jahren wiedersah.

„Was nun?", flüsterte sie und kämpfte mit den Tränen.

„Wir suchen einen Weg nach oben", sagte ihr Bruder bestimmt und lief auch schon suchend an der Mauer entlang.

„Irgendwo muss es hier nach oben gehen. Die Leute die den Damm betreuen müssen ja auch hinauf kommen."

„Ich habe eigentlich einen Touristenort erwartet", sagte sie erleichtert als sie nur Stille ringsum wahrnahm. Beim genauen Zuhören aber, erkannte sie ein leises Summen, das aus der Mauer kam.

„Hier ist etwas!", rief ihr Bruder jetzt aufgeregt und sie eilte zu ihm. Eine kleine schmale Treppe führte in einer Ecke ohne Geländer nach oben, und ihr Bruder zögerte nicht, hochzuklettern.

„Komm nur, ich helfe dir!", rief er und reichte ihr seine Hand. Dann war sie plötzlich oben und sah auf spiegelglattes, schwarzes Wasser, gekrönt von Silberblitzen, von der Sonne auf die Oberfläche gezaubert. Zuerst sah sie nur Wasser, und ein Gefühl der Enttäuschung durchzog ihr Herz. Was hatte sie denn überhaupt erwartet? Eigentlich doch nichts. Jedenfalls nicht diese Wassermassen. Und dafür musste das ganze Tal überflutet werden?

Sie war jetzt sehr still geworden und stand verloren auf dem breiten Rand der untersten Talsperre. Nun spürte sie deutlich das leichte Vibrieren von irgendwelchen Motoren, die scheinbar im Innern des Dammes rumorten.

Die Sonne schien warm, und als das erste Gefühl von Trauer und Enttäuschung ein wenig verflog, sah sie plötzlich, dass das schwarze Wasser viel Leben enthielt. Drei Enten flogen laut schnatternd heran und ließen sich gleitend in das Wasser hinein. Kleine Kringel in Silber zeigten ihre Bahn. Jetzt sah sie auch die Libellen, die surrend ruckartig hin und her flogen und blitzschnell von einem Reethalm zum anderen wechselten. Das ganze Ufer war gesäumt von diesen Halmen. Die Betonmauer bildete nur den Abschluss. An beiden Seiten war das Ufer mit verschiedenen Pflanzenarten erhalten.

Ihr Bruder hatte seinen Feldstecher herausgenommen. Am Zittern seiner Hände konnte sie seine Aufregung deutlich erkennen. Sie setzte sich auf den Rand und ließ ihre Füße herabhängen. Sie konnte das Wasser aber nicht erreichen. Vermutlich aus Sicherheitsgründen war der Pegel des Wassers ziemlich tief, aber das Gefühl, einfach da zu sitzen, die Wärme des sonnenüberfluteten Beckenrandes unter ihren Beinen zu spüren, gab ihr ein Gefühl von Geborgenheit.

Ihr Bruder suchte akribisch, wie einer Matrix verfolgend, die höher gelegene Dammsperre ab.

Plötzlich rief er aus: „Da ist es! Ich kann es genau sehen! „Hier schau mal."

Er reichte ihr den Feldstecher, doch ihre Finger zitterten so sehr, dass sie überhaupt nichts erkennen konnte. Ihr Bruder trat hinter sie und legte seinen Arm um sie. Sanft drückte er den Feldstecher an ihre Augen und drehte ihren Körper so, dass sie in die richtige Richtung schaute.

„Siehst du es jetzt?", fragte er, aber sie sah immer noch nichts.

„Du musst die Schärfe des Feldstechers auch erst an deine Augen anpassen", mahnte er leise und zeigte wie man die Linsen fokussieren konnte. Dann erkannte sie plötzlich deutlich und so, als ob es ganz nah war, die höher gelegene Sperre, eine Betonmauer. Sie lag direkt unterhalb der Wasserfälle.

„Jetzt geh ein bisschen nach rechts", sagte ihr Bruder ziemlich aufgeregt. „Siehst du die Schlucht? Siehst du, wie das Wasser darin fließt? Und noch weiter nach rechts! Siehst du ungefähr das Gebäude? Das ist unser Haus!!!"

So ergriffen hatte sie ihren Bruder noch nie erlebt. Er jubelte richtig, fasste sie um den Leib und tanzte mit ihr auf der Talsperre.

„Es ist noch da!", jauchzten sie und umarmten einander.

„Wie kommen wir denn dorthin?", fragte sie nach der ersten Euphorie. „Da ist doch überhaupt keine Straße mehr."

Wie hatten sie eigentlich diese oberste Sperre gebaut?

„Da! Siehst du? Da ist die Straße auf der anderen Seite des Berges. Das ist natürlich schlau, denn sonst könnten sie das Areal niemals kontrollieren, schließlich wollen sie später dort auch Elektrizität gewinnen."

„Erinnerst du dich an die vielen Besuche der 'Volkies' von Farm zu Farm? Sie sind immer zu Fuß gekommen und haben verschiedene Fußpfade in den Bergen, die gleichzeitig Abkürzungen waren, benutzt. Vielleicht sind die ja noch da."

„Wenn wir dorthin gehen wollen, wird es sehr anstrengend werden. Wir müssen ziemlich weit im Tal anfangen und die Pfade suchen und dann ziemlich hoch auf die Berge klettern", gab sie zu bedenken.

„Wirst du das schaffen?", fragte er sie und schaute ihr tief in die Augen.

„Natürlich! Klar!"

Die alte Abenteuerlust und Wildheit ihrer Kindheit war sofort wieder lebendig und der Gedanke, dass ihre Farm noch stand und vielleicht sogar noch bewohnbar war, ließ jeden Zweifel vergessen.

„Gut. Wir müssen uns aber gut vorbereiten und ziemlich früh aufbrechen. Außerdem müssen wir genug Proviant mitnehmen, denn es ist überhaupt nicht abzuschätzen, wie viel Zeit wir brauchen werden. Vielleicht müssen wir sogar übernachten, und das kann gefährlich werden. Wir müssen feste Schuhe und lange Hosen haben, um uns vor Schlangen zu schützen."

Die Abenteuerlust war jetzt auch auf ihren Bruder übergegangen, und die beiden fieberten richtig danach, aufzubrechen.

Ihr Bruder startete den Motor und sie fuhren wieder zurück.

Das Kätzchen wartete schon auf dem ‚Stoep', als sie ankamen und rieb sich schnurrend an ihren Beinen.

„Kätzchen, wir haben unsere Farm entdeckt. Willst du mitkommen?"

Das Kätzchen legte sein Köpfchen schief und „sagte" laut und deutlich „*Mirr*", was diesmal so viel bedeutete wie, „alles was du willst und was dich glücklich macht, will ich auch."

Früh am nächsten Morgen war ihr Bruder schon da. Er sah aus, als ob er auf Safari ging. Er hatte hohe Stiefel an, Khaki Jeans und das passende Khaki Hemd und einen Schlapphut mit einem schmalen Streifen Leopardenfell. Sie musste lachen.

„So hab ich dich noch nie gesehen!", rief sie erfreut aus. „Es steht dir aber sehr gut."

Sie selbst hatte eine schwere Leinenbluse, Jeans und die alten Reitstiefel ihrer Mutter an, die sie durch all die Jahre immer aufbewahrt hatte. Auf dem Bild mit Sultan, dem stolzen Hengst, hatte ihre Mutter sie selbst noch getragen.

Sie hatte außerdem einen Rucksack gepackt mit Broten und Wasserflaschen, Schlangenbesteck, (ein Etui mit Skalpell, und Kaliumpermanganat gegen das Schlangengift) sowie ein paar Äpfel. Auch Pflaster und Verbandsmaterial hatte sie dabei.

„Gut, ich bin fertig", sagte sie und konnte es jetzt überhaupt nicht mehr abwarten.

Wieder fuhren sie den bekannten Weg zur Farm, aber am letzten Farmhaus bogen sie diesmal ab. Der Farmer kam ihnen entgegen und wirkte ziemlich misstrauisch und mürrisch. Er wies auf einem schmalen Fußpfad, der zu den Siedlungen seiner Farmarbeiter führte, als sie nach einem Weg in den Berg fragten.

„Was wollt ihr überhaupt da bei den Kaffern?"

Sie verschwendeten keine Zeit, ihm eine Erklärung zu geben und folgten jetzt gezielt dem Pfad.

Er schlängelte sich durch Gebüsch und Gesträuch und ab und zu lagen in den Büschen Cola-Büchsen und anderer Abfall. Das war früher nicht der Fall! Das Gebell von einigen Kötern zeigte an, dass sie die Siedlung erreichten.

Die Häuser waren schmutzig und einige Schwarze lungerten an die Wände angelehnt dort herum. Ein paar Frauen schwatzen miteinander. Kinder spielten mit nacktem Hintern auf dem Lehmboden.

Sie blieb ein wenig zurück, als ihr Bruder auf einen der Männer zuging und mit ihm sprach. Nach alter Tradition war die Grußformel ewig lang.

„Guten Tag… die Sonne scheint in Segen auf dein, und deiner Familie Haupt…"

„Dank sei mit euch…"

Nach einer ewigen Weile kam er dann zum eigentlichen Grund ihres Besuches. Er fragte, ob diese Familie jene Familie, die auf ihrer Farm wohnte, kennen würde? Ja… die Familie kannte sie.

Er fragte weiter, ob sie wüssten, was aus der Familie, die auf ihrer Farm lebte, geworden sei?

Jaaah…, auch das wussten sie.

Er fragte, ob sie wüssten, welchen Weg es gab von der einen Farm zur anderen? Eweh (Ja)…, sie wussten es wohl.

Er fragte, ob sie bereit wären, ihm zu zeigen, wo dieser Weg anfing?

Ja… das könnte er tun.

Die Frauen sahen jetzt neugierig aus der Ferne, was der weiße Mann und die weiße Frau wollten. Dann kamen sie langsam näher.

In einer plötzlichen Aufwallung fragte Marie eine der älteren Frauen, ob sie Stinnie kennen würde und war überwältigt, als die Frau in ziemlich klarem Afrikaans antwortete, dass sie wusste, wo Stinnie ist! Sie wohnte auf einer Farm gar nicht so weit weg. Sie war nie verheiratet. Sie wurde von den Volkies „die Schöne" genannt und in Bantusprache hieß sie „Sediba".

Ihr Bruder wurde jetzt unruhig und mahnte zum Aufbruch, bevor sie Näheres erfahren konnte. Sie konnte nur noch darum bitten, dass die Frau Grüße an Stinnie übermitteln solle.

Der alte Mann lief ein Stück mit und warnte, dass sie vorsichtig sein müssen. Es gäbe viele Schlangen und auch Skorpione.

Jetzt waren sie allein. Der Weg war sehr schmal. Sie mussten öfters Zweige wegbrechen, um durchkommen zu können. Eine Weile folgte einer der Dorfköter, aber schon bald trottete er zurück. Es war sehr still geworden. Das Gezirpe der Zikaden, das im Dorf noch ohrenbetäubend war, hatte jetzt völlig aufgehört. Sie hörten nur ihre eigenen Schritte, mit denen sie vorsichtig Fuß für Fuß den schmalen Pfad absuchten. Sie kletterten jetzt stetig höher, und die Vegetation veränderte sich. Hier gab es keine Bäume mehr, und nur ziemlich streng riechende Sträucher säumten den Pfad. Sie merkte jetzt doch, dass sie nicht mehr so jung war und atmete schwer.

„Willst du dich ein wenig ausruhen?", fragte ihr Bruder, der sah wie anstrengend es für sie war.

„Ja, gern, nur ein bisschen", sagte sie erleichtert, „dann können wir weiter."

Sie strich den Schweiß aus ihren Augen und nahm ihren Strohhut ab. Es wehte kein Windhauch, und die Sonne brannte unbarmherzig. Ein paar Schritte von dort, wo sie sich niedergelassen hatte, stapfte eine Schildkröte langsam fort. Sonst war nichts Lebendiges zu sehen oder zu hören.

Ihr Bruder war ein Stückchen von ihr fortgelaufen und kam jetzt zurück. Dann sah sie mit Entsetzen, wie er gerade dabei war, seinen Fuß auf eine Schlange zu setzen, die einfach im Weg liegenblieb. Das war eine Puffotter, eine ziemlich Giftige!

„Halt!", schrie sie ihn an, rannte auf ihn zu und warf ihn mit aller Gewalt um, sodass er rückwärts ins Gebüsch fiel, bevor er seinen Fuß niedersetzen konnte. Jetzt sah auch er die Schlange, die gerade so gefährlich ist, weil sie faul ist. Entgegen aller Gewohnheit anderer Schlangen flieht sie nicht, wenn Gefahr droht, sondern bleibt liegen. Und dann tritt man auf sie drauf…!

Er war kreidebleich geworden und zitterte.

„Danke dir", sagte er matt. Dann liefen sie weiter.

Der Pfad war endlos. Manchmal verschwand er vollkommen. Dann mussten sie über Geröll klettern und versuchen, sich zu orientieren. Von den Pieken waren sie noch weit entfernt.

„Das schaffen wir niemals heute", keuchte sie, „wir werden noch übernachten müssen."

„Ja, es sieht so aus", sagte ihr Bruder resignierend. „Das ist aber nicht so gut, es ist viel zu gefährlich."

„Kannst du denn erkennen, wo wir überhaupt sind? Wir sehen ja noch nicht mal den Staudamm!"

„Ich glaube, wir müssen flacher gehen", sagte ihr Bruder. „Wir sind zu steil geklettert. Das hätte das Völkchen damals nie gemacht, sie sind von Natur aus faul und hätten bestimmt den einfachsten Weg gewählt. Ich glaube, wir sind viel zu hoch geklettert!"

Sie setzten sich nochmals hin und aßen von dem Mitgebrachten und tranken ein wenig. Ihr Bruder suchte die Gegend jetzt Stück für Stück mit dem Feldstecher ab, bis er plötzlich aufschrie.

„Da ist der Pfad! Wir sind völlig falsch! Wir müssen sogar ein Stück zurückgehen, aber dann schaffen wir es doch noch vor der Dunkelheit."

Er hatte ein Stück tiefer den schmalen Pfad wiedergefunden und konnte auch die unterste Talsperre erkennen. Dadurch wusste er in etwa, wo sie sich befand und konnte so auch einschätzen, wie viel Zeit sie brauchen würden.

Nachdem sie sich gestärkt hatten und etwas ausgeruht waren, setzten sie ihren Marsch fort. Das Stück nach unten ging ohne weitere Geschehnisse ziemlich schnell. Dann standen sie wieder auf dem ausgetrampelten Pfad und sie stellte fest, dass sie vermutlich vorhin auf eine Tierfährte geraten waren. Darum war der Weg auch so undeutlich und verschwand manchmal vollkommen. Jetzt hingegen war der Pfad deutlich zu erkennen, und da er viele Jahre von den Schwarzen benutzt worden war, wenn sie ihre Familie und Freunde auf den Nachbarfarmen besuchten, war er fest ausgetreten. Man konnte sogar ziemlich bequem darauf laufen. Ihr Bruder hatte Recht. Niemals wären die Einheimischen auf ihrem Weg so hoch geklettert. Das war viel zu mühsam!

In der Ferne sah sie jetzt das Wasser glitzern. Sie mussten nun ungefähr auf der Höhe der Meyburgfarm sein. Von dieser war nichts übrig. Auch nicht von dem Haus, durch dessen Dach ein Baum wuchs. Der Weg schlängelte doch noch ein wenig höher und es wurde mühsamer, aber sie kamen trotzdem gut voran. Sie stand einen Moment still und betrachteten die Talsperre und das schwarze Wasser. Von den Nachbarhäusern war nichts mehr zu erkennen.

Ihr Bruder hielt jetzt öfters an und spähte durch sein Fernglas. Dann griff er plötzlich ihre Hand und gab ihr das Fernglas.

„Da", sagte er nur, „da, schau!"

Sie wusste jetzt, wie man das Gerät für die eigenen Augen einstellt. Ziemlich schnell fokussierte sie ihren Blick auf den wohlbekannten Baum, die Geröllmassen und das Schwimmbad. Sie hatten es gefunden.

„Waterfalls" – ihre Heimat!

Der Pfad zweigte jetzt um das Haus in die Richtung der ehemaligen schwarzen Siedlungen ab, aber sie verließen ihn, um über die bekannten Geröllmassen zu klettern. Sie standen jetzt praktisch vor dem ‚Sunporch' und kamen von hinten auf das Haus zu. Da, wo sie jetzt standen, schien es, als sei die Zeit stehengeblieben. Von diesem Punkt aus konnten sie den Stausee nicht sehen, nur die altbekannten Terrassen, die Bäume, das Haus und das Schwimmbad. Und es sah aus, als ob sie nie weg gewesen waren!

Jetzt brach sie in Tränen aus. Das war doch zu viel!

Kapitel IV

Patrick

Nochmals zog ein Jahr ins Land. Die Rauchsäulen aus den Schornsteinen zeigten, dass wieder Leben auf „Waterfalls" herrschte. Im Schwimmbad planschten ein paar Kinder. Auf der mittleren Terrasse war eine Staffelei aufgebaut, und Marie saß davor mit ihrem Strohhut auf dem Kopf und malte. Die Pieken waren wieder in zinnoberrot getaucht, aber die Herbstfarben der Eichen konnten nicht mehr gemalt werden. Dafür das schwarze Wasser, in allen seinen Schattierungen, auf dessen stiller Oberfläche sich die Berge ringsum spiegelten.

Auf der unteren Terrasse weideten zwei Eselchen und hielten das Gras kurz.

Eine schlanke, bildhübsche schwarze Frau kam auf leisen Sohlen zu Marie und brachte ihr etwas zu trinken.

„Danke Stinnie, das ist lieb von dir. Was macht eigentlich Patrick?"

„Er repariert oben die Zäune an der Pferdekoppel", antwortete das Mädchen. „Er kommt gleich. Wollt ihr schon essen?"

„Nein danke, wir warten auf unsere Gäste. Die werden bestimmt gleich da sein. Dann können wir gemeinsam essen."

„Waterfalls" war jetzt ein Hotel geworden. Ohne Reklametafel, nur für ganz besondere Gäste, die den Staudamm betrachten wollten, ihre Ruhe brauchten oder malen mochten. Das „Cottage" beherbergte etwa vier Personen, die ehemaligen Zimmer der Bediensteten waren ausgebaut und renoviert worden, und im Haus konnte nochmals ein Pärchen untergebracht werden. Diesmal war eine junge Familie mit ihren Kindern da. Die Kinder tollten im Schwimmbad und die Eltern kletterten zu den Wasserfällen hoch.

Es gab immer noch keinen Weg zum Hotel, aber dafür einen gut ausgetretenen Pfad für einen Ritt zu Pferd mit kleinen Packeselchen, so, wie sie das noch aus Griechenland kannte. Hinter dem Haus, wo früher die Kaninchen untergebracht waren, gab es jetzt Koppeln für die Pferde. Von dort aus konnte man schöne Reitausflüge unternehmen.

Marie war jetzt einundvierzig und regelrecht aufgeblüht. Ihr Gesicht war braungebrannt und ihr Körper straff und fest von der harten Arbeit auf der Farm. Sie trug ihr Haar ziemlich kurz geschnitten und irgendwie, weil sie so glücklich war, sah sie viel, viel jünger aus. Die alte Schönheit kam wieder zum Vorschein.

Es war ein hartes Jahr. Sie hatte zuerst die völlig überwucherte Farm wieder säubern müssen. Die Ländereien mussten gepflegt und abgeerntet werden, aber sie hatte sich geweigert, einen Weg bauen zu lassen. Viele Volkies haben geholfen. Von ihnen kam die Idee, dass man zu Pferd und mit Packeselchen Besucher empfangen könnte. So entschied sie sich, „Waterfalls" in ein Hotel umzuwandeln. Sie hatte das Glück, dass das Grundstück niemandem mehr gehörte, denn es sollte ja angeblich gar nicht mehr existieren und völlig unter dem Wasser verschwunden sein. Als sie die Behörden um Erlaubnis bat, zuckten diese mit den Schultern. Verkauft ist verkauft. Sie könnte damit machen, was sie will!

Ihr Bruder kam in seinem Urlaub und half ihr gemeinsam mit seinen Kindern, und so dauerte es gar nicht lange, bis sie die ersten Besucher empfangen konnte.

Eines Tages, als sie auf dem ‚Sunporch' saß, spürte sie, dass jemand hinter ihr stand. Kein Geräusch, nur ein Geruch. Der Geruch der Wildnis. Sie drehte sich langsam um und blickte in die wunderschönen braunen Augen ihrer geliebten Stinnie!

„Stinnie!", rief sie entzückt aus, und die beiden Frauen fielen sich in die Arme.

„Du hast mich gefunden!"

„Ja, Marie, mein Volk hat mir erzählt, dass du da bist, und wenn du möchtest, bleibe ich bei dir."

„Oh ja, Oh ja! Ich freue mich so sehr! Dass ich dich jemals wiedersehen würde, hätte ich nie gedacht. Wie bin ich dankbar dafür!"

Und so blieb Stinnie bei ihr und half ihr in der Küche, wenn Gäste da waren und war für sie wie die Tochter, die sie nie hatte. Nur der Mann fehlte...

Eines Tages kam aus dem Gebüsch, auf einem starken Hengst, ein Mann daher geritten, genau so, wie Südafrika ihn kennt. Braungebrannt, gut gebaut mit fröhlichem, lachendem Gesicht.

„Ich heiße Patrick, und wir haben uns mal gekannt", sagte er kamerad-schaftlich, als er ihr die Hand gab.

Das war nun etwas völlig Neues. Ihn mal gekannt?

„Wir waren beide sechs, und ich wollte dich heiraten. Erinnerst du dich?"

Das war ja unglaublich! Aber allmählich erinnerte sie sich an den kleinen schmalen, kanadischen Jungen, mit dem sie einst spielte.

„Ich werde dich heiraten", hatte er damals gesagt.

„Du kannst doch nicht immer an mich gedacht haben", sagte sie und lachte. Es ist fünfunddreißig Jahre her. Du hast doch bestimmt geheiratet und ein paar Kinder!"

Jetzt wurde er ganz ernst.

„Ja, ich habe geheiratet, aber ich hatte keine Kinder. Meine Frau ist früh gestorben. Ich bin immer allein geblieben. Wir hatten eine glückliche Ehe."

Die Trauer war sofort da. Sie dachte an ihre Ehe und die vielen Jahren, in denen sie jetzt schon alleine war. Und Patrick war es genauso ergangen!

„Wie hast du mich denn überhaupt gefunden, und vor allem, wie wusstest du, dass ich das kleine Mädchen von damals bin?", fragte sie aufgeregt.

„Ich bin Journalist, bin auch überall auf der Welt gewesen und habe damals über die Geschichte mit dem Staudamm geschrieben. Ich musste viel recher-chieren, wer hier gelebt hatte und was aus den Menschen geworden ist. So hab ich natürlich gleich deinen Namen erkannt. Du warst aber schon fort und ich wusste nicht, dass du zurückgekommen bist. Als ich dann las, dass eine Frau ihre Farm wiedergefunden hatte und jetzt ein Hotel daraus gemacht hat für ganz besondere Gäste, dachte ich, das kannst nur du sein. Und wer – wenn nicht ich! – ist ein besonderer Gast? Und ich hatte Recht. Du bist es tatsächlich! Und hier bin ich: dein besonderer Gast."

Patrick blieb. Sein Pferd hatte sich gleich mit ihren angefreundet und zusammen unternahmen sie herrliche, lange Ausritte. Er half ihr, alles zu reparieren und die Ländereien wieder aufzubauen und zu kultivieren. Sie lebten nur von der Ernte der Farm. Patrick schrieb für die Zeitung und verkaufte ihre Bilder, aber sie kamen einander nicht näher. Er schlief im ‚Cottage‘ und kam zum Frühstück herüber, das er mit ihr und Stinnie gemeinsam einnahm, dann verschwand er meistens wieder. Abends saßen sie dann zusammen vor dem Feuer und erzählten sich Geschichten. Stinnie ließ die beiden dann meistens alleine. Es war eine gemütliche, unbelastete Vertrautheit. Jeder wusste, dass er dem anderen nicht näher kommen durfte, und sie hielten sich daran.

Immer, bevor er schlafen ging, trat Patrick auf den ‚Stoep‘, wo er seine Pfeife anzündete und auf die Landschaft hinausblickte. Sie kam dann meistens auch hinzu, und so standen sie lange schweigend nebeneinander.

Eines Abends war es aber anders. Sie stand wieder hinter ihm und roch den schönen Duft der Pfeife. Der Abend war lau, und die Nachtschwalben huschten durch die Luft. Sie stand so nah bei ihm, dass sie seine Wärme spürte und ein Knistern durchdrang sie. Er musste es spüren, denn auch er wurde unruhig. Dann drehte er sich um und sah sie an.

„Marie, so kann es nicht weiter gehen", sagte er. „Ich kann nicht so nah bei dir sein und doch so fern. Die Vergangenheit ist Vergangenheit. Lass uns nicht unser Glück aussperren. Es ist kein Verrat an unseren Ehepartnern. Sie werden es bestimmt verstehen." Und dann: „Marie, bitte heirate mich!"

Das Kätzchen war auf die Mauer gesprungen und sagte: *„Mirr!"* Diesmal hieß es, „sag ja, nur zu, sag ja!"

Kapitel V

Die Reise

Marie und Patrick wurden ein Paar, aber merkwürdigerweise kamen sie sich nie so nah wie mit den Partnern aus ihren früheren Ehen. Eine gewisse Distanz blieb immer bestehen. Sie lebten in ruhiger Vertrautheit und pflegten eine tiefe Freundschaft. Beide waren zufrieden und glücklich.

Patrick ist immer Journalist geblieben, und nachdem die Farm wieder ordentlich war und Stinnie und ihr gerade angetrauter Mann dort wohnten, wurde es ihm allmählich langweilig. Es drängte ihn zu neuen Abenteuern.

„Marie, ich möchte verreisen für längere Zeit. Aber natürlich mit dir zusammen. Wollen wir mal wieder nach Übersee reisen?", fragte er sie eines Tages als sie auf dem ‚Stoep' saßen und in die Landschaft schauten.

Erstaunt guckte sie ihn an. Diese Gedanken waren ihr noch nie gekommen. Sie war glücklich, die Ruhe der Farm zu genießen und sie freute sich jedes Mal, wenn sie auf die Berge schauen konnte, oder auf das schwarze Wasser des Stausees. Seit sie zurück in ihrer Heimat war, hatte sie nie wieder daran gedacht, nach Europa zurück zu gehen. Jetzt spürte sie jedoch die alte Abenteuerlust wieder.

„Das klingt interessant", sagte sie vorsichtig. „Aber mit einem Flugzeug möchte ich nicht mehr fliegen. Können wir eine Schiffsreise machen?"

„Ja, natürlich, wenn du das lieber willst. Das ist kein Problem. Wir brauchen nur ein bisschen mehr Zeit, um das zu organisieren, aber sonst gern."

Patrick war auch begeistert von der Idee. Er liebte es nämlich auch, allmählich an etwas heranzutreten. Das Fliegen ging einfach zu schnell.

Stinnie und ihr neuer Mann würden alleine auf der Farm bleiben und diese bewirtschaften sowie die Gäste betreuen. Das war etwas völlig Undenkbares in früheren Jahren! Schwarze waren damals nur gut genug, um die Weißen zu bedienen. Als Gastfrau und Gastherr Weiße zu empfangen, das war unmöglich!

Aus Taktgefühl lebten Stinnie und ihr Mann in den Außengebäuden, die auch noch für Gäste eingerichtet waren, und überließen das ‚Cottage‘ und das Haus den Gästen.

Marie und Patrick konnten nicht sofort reisen. Das Schiff wurde erst in einem Monat erwartet, und so hatten sie genug Zeit, alles zu regeln. Aber dann war es endlich soweit.

Ihr Bruder kam zum Hafen, um sie zu verabschieden. Gemeinsam liefen sie an dem endlos langen Rumpf des Schiffes vorbei und sahen sich ihr Zuhause für die nächsten sechs Wochen genauestens an. Das Schiff musste gut hundert Meter lang sein. Drei Etagen ragten in die Höhe. Drei riesige Schornsteine schickten ihren Rauch bereits jetzt in die Abendsonne. An der Seite stand in stolzen Lettern in Fraktur geschrieben: ‚Prinz Heinrich‘. Etwas völlig Neues, Fraktur als Namensschild an einem Schiff zu lesen! Sie dachte wieder an ihren verstorbenen Mann und wie er diese Schrift geliebt und sogar selbst solche entworfen hatte. Er hätte sich bestimmt gefreut…!

Der unterste Teil des Schiffes war schwarz gestrichen, abgegrenzt durch einen breiten roten Streifen. Der oberste Teil war in Gold gestrichen. Es waren die Farben der Deutschlandflagge. Alles an dem Schiff sah luxuriös aus, und es schien in sehr gutem Zustand zu sein. Seit kurzem hatte Deutschland wieder einige Passagierschiffe, fast wie früher, da die Menschen immer weniger Fliegen wollten. Es gab einfach zu lange Wartezeiten, zu viel Gedränge und Verschmutzung auf den Flughäfen. Die Sicherheit war auch nicht mehr das, was sie einmal war. Die Schiffsreisen hingegen wurden auch noch preiswerter gemacht und gern als günstige Alternative gewählt.

Marie schaute bewundernd den gewaltigen Rumpf an. Einige Passagiere waren schon an Bord. Sie machten sich langsam daran, einzuchecken. Ihr Bruder kam noch mit.

Die Gänge waren mit dicken Plüschläufern bedeckt, und geschmackvolle Ölgemälde zierten die Wände. Überall in allen Ecken waren schöne Blumenarrangements aufgebaut. Eine sanfte leise Musik spielte.

Ihre Kabine war eine Außenkabine und hatte keine kleinen runden Bullaugen, sondern richtig schöne, große Fenster mit Gardinen. Vorerst war kein Unterschied zu einem des teuersten Nobelhotels festzustellen. Nur das das leise Vibrieren der Motoren erinnerte ab und an daran, dass sie sich auf einem Schiff befanden.

Ihr Bruder verabschiedete sich, und sie liefen gemeinsam zum Ausgang. Sie blieben an der Reling stehen und sahen auf das Gewimmel, Geschreie und Gezerre, das ziemlich tief unten auf dem Pier stattfand. Das Gehupe von aufgebrachten Taxifahrern vermittelten einen Eindruck wie auf einem orientalischen Bazar.

Als die Schiffssirene dreimal lang und tief tönte, wurde es ihr doch ein wenig mulmig und sie klammerte sich an Patrick, der gelassen dort stand und seine Pfeife rauchte.

Die Treppe wurde weggefahren und die Seiten zugeklappt, und dann war die Verbindung zum Hafen plötzlich nicht mehr da. Ihr Bruder stand dort wie ein kleines einsames Figürchen und winkte ihnen hinterher.

Das Vibrieren wurde jetzt viel kräftiger und deutlich spürte sie, wie Bewegung in das mächtige Gebilde kam. Sie sah auf den Tafelberg und wurde plötzlich sehr traurig. Die Erinnerung übermannte sie schon wieder...

Damals war sie gerade elf Jahre alt, als sie zum ersten Mal Südafrika verließen. Auch mit dem Schiff, aber mit einem schwedischen Frachtschiff, das sechs Kabinen für Passagiere hatte. Es hatte überhaupt nicht an Komfort gefehlt. Die Kabinen waren großzügig und schön ausgestattet. Sie hatte ihre eigene. Eine richtige Suite!

Damals stand sie auch so da und schaute auf den Tafelberg, damals jedoch fuhr sie im Bewusstsein, dass sie wahrscheinlich nie wieder zurückkehren würde...

Das Schlimmste war, dass das Schiff leicht schaukelte und der Tafelberg immer kleiner und kleiner wurde, bis er komplett verschwand und nichts mehr zu sehen war als Wasser. Endloses Wasser! Keine Abenteuerlust konnte diese Gefühle von unendlicher Trauer verschleiern. Nur die Wirklichkeit, die ziemlich schnell über sie hereinbrach, ließ sie ihren Schmerz vergessen. – Übelkeit!

Das Schiff hatte jetzt das offene Meer erreicht, und der Wellengang verursachte ein Rollen in alle Richtungen. Ihr Magen schien gemeinsam mit Kopf und Augen diese Wellenbewegungen nachzumachen. Ihre Mutter lag schon längst flach und war fast die ganze Zeit seekrank. Sie konnte nicht Essen und nicht Trinken und verfluchte die Idee, überhaupt so zu reisen.

Noch schlimmer als tagsüber, war die Übelkeit in der Nacht, wenn sie in der Koje lag. Ihr Körper wurde hin und her geschleudert. Nur das Holzbrett, das ihr Bett wie eine Schublade aussehen ließ, verhinderte, dass sie herausrollte. Dann plötzlich hörte die Übelkeit auf, und sie gewöhnte sich an das Stampfen und Rollen des Schiffes. Da endlich konnte sie auf Entdeckungsreisen gehen!

Außer ihnen waren ein älteres jüdisches Ehepaar und noch ein paar langweilige Erwachsene, an die sie sich nicht mehr erinnern konnte, an Bord.

Das Laufen in den Gängen erforderte eine ganz bestimmte Art, sich zu bewegen. Man konnte sich an beiden Seiten abstützen, da es rings herum ein Geländer gab. Sie hatte aber ziemlich schnell den sogenannten Seegang heraus und freute sich, wenn sie sich ohne Unterstützung, wie ein alter Matrose, in den Gängen und an Deck bewegen konnte.

Das Schiff war nicht groß. Es hatte nur ein Stockwerk und einen Schornstein und ein kleines aufblasbares Schwimmbassin, das festgeschnürt werden musste. Draußen an Deck war sie meistens alleine. Es wehte häufig ein Wind, und die alten Leute fanden es zu windig, um an Deck zu sitzen. Ihre eigenen Eltern saßen dann auch lieber in der Lounge. Sie lasen in den Büchern aus der Bibliothek oder tranken etwas. Was die anderen machten, wusste sie nicht.

Ganz hinten am Heck, konnte man auf die Reling klettern und die Spur des Schiffes verfolgen in dem Schaum, den die Schiffsschraube im Meerwasser aufwirbelte. Als sie später in die Nähe von Las Palmas kamen, erschienen Scharen von Delphinen neben dem Schiff und auch fliegende Fische sprangen silbern in die Luft. Es war ein gigantisches Schauspiel, das sie nie vergessen würde.

Abends sah sie dann phosphoreszierende Wellen längs des Schiffes. Für sie war es nie langweilig. Sie war es ja gewohnt, alleine zu sein.

Das Essen, das immer mit dem Kapitän eingenommen wurde, war großzügig. Ein richtiges Passagierschiff hätte es bestimmt nicht besser machen können. Das Schöne war, dass die Mitglieder der Besatzung einander gut kannten und zwischen ihnen und den Passagieren sowie zum Kapitän entstand eine Art Kameradschaft während der Reise.

Ihr erster Ladehafen war Las Palmas, wo sie zwei Tage Aufenthalt hatten. Sie wohnten in einem schönen Hotel im Kolonialstil und machten einen Ausflug mit dem Esel zum Kraterrand. Der Eselsritt war aufregend, aber als sie oben ankamen, sah sie nur ein langweiliges schwarzes Loch und verstand die begeisterten Aufschreie der anderen Passagiere überhaupt nicht. Außerdem war es glühend heiß dort oben und gar nicht angenehm.

Der Kapitän schenkte ihr ein spanisches Püppchen, das sie Jahre später noch hatte, bis es bei irgendeinem der viele Umzüge abhanden kam.

Sie erinnerte sich nicht gut an Las Palmas. Da waren eben Palmen, Wind und Sonne und ziemlich schmutzige Gebäude, sonst nichts.

So war sie gar nicht so traurig, als sie wieder an Bord waren und sie zuschauen konnte wie Bananen geladen wurden. Die Männer stapelten mit einem Kran in einer tiefen Ladeluke Kisten mit Bananen, und immer noch mehr Bananen. Dann wurde die Leine gekappt, und die Abschiedssirene tönte in den Abend hinein. Sie waren wieder auf See.

Auf der Weiterreise war dann die afrikanische Küste in Sicht und das Geschaukel, war nicht mehr so schlimm. Sogar ihre Mutter konnte ein wenig von der Reise genießen.

Sie erreichten den Äquator, und abends wurde ein Fest veranstaltet. Sie hatte sorgfältig in der Badewanne, die mit Seewasser gefüllt wurde, gebadet und sich ein Kleid angezogen, das ihre Mutter selber genäht hatte. Es war aus schönem, glänzendem Stoff, mit einem schwarzweißen Karo Muster. Das Haar hatte sie wieder zu einem Pferdeschwanz gebunden. Der Blick in den Spiegel zeigte ihr deutlich, dass sie kein kleines Mädchen mehr war. Irgendwie fieberte sie vor Aufregung.

Das Essen war noch großzügiger als sonst, und als sie den Äquator überquerten, hielt der Kapitän eine Ansprache. Alle stießen mit ihren Weingläsern an und der Koch kam verkleidet als Neptun aus seiner Küche. Er begrüßte jeden mit einem Trunk.

Danach wurde Musik gespielt und getanzt. Ihre Eltern machten den Anfang, und sie staunte und freute sich darüber, dass sie wie eine Person harmonisch über die Tanzfläche schwebten.

Dann geschah es! Der erste Offizier in seiner schönen weißen Uniform kam zu ihr, verbeugte sich und forderte sie zum Tanzen auf. Sie schaute und war völlig hin und weg. Es war Liebe auf den ersten Blick! Sie schmolz dahin und drückte ihren kleinen, schwellenden Busen an seine steife, nach Stärke riechende Uniform und wollte überhaupt nicht mehr aufhören zu tanzen. Er merkte nichts von den Gefühlen des kleinen Backfischleins, das sich von einem Augenblick zum nächsten unsterblich in ihn verliebt hatte.

In den Tagen, die folgten, fieberte sie danach, ihn wiederzusehen, was leider ziemlich selten passierte. Meistens musste er auf der Brücke sein, und dorthin durfte sie nicht. Es war den Passagieren verboten, dorthin zu gehen. Nachts träumte sie nur noch von ihm, und all ihre Gedanken schwebten nur noch um ihn…

Eines Tages, am Nachmittag, saß sie mit einem Buch an den Schornstein angelehnt und genoss die Sonne, als plötzlich ein Schatten über ihr Gesicht fiel. Sie schirmte die Augen mit den Händen gegen die Sonne ab und sah auf. Ihr Herz stand still! Er war es. Er setzte sich zu ihr und begann zu erzählen von seiner Familie, seiner Frau und zwei kleinen Kinderchen. Er sprach davon, wie froh er wäre, endlich wieder zu Hause zu sein und in geordneten Bahnen zu leben. Er erzählte locker und fröhlich und merkte gar nicht, wie ihre Augen sich mit Tränen füllten, ihr Körper sich versteifte und ihre junge verliebte Welt in Scherben zerbrach! Er merkte nichts.

Die natürlichen Ereignisse der Reise linderten ihren Schmerz ein wenig, und als sie am frühen Morgen Free Town in Sierra Leone, an der senegalesischen Küste, erreichten, war ihre Welt wieder halbwegs in Ordnung. Hier durften sie nicht an Land gehen. Es war zu gefährlich. Aus der Ferne hörte sie deutlich die Tamtams in einem anderen Rhythmus, als sie es aus Südafrika kannte. Diese Töne waren viel schneller und viel aggressiver und eine Gänsehaut schauerte über ihren Körper.

Blauschwarze riesengroße Neger schleppten auf ihre Schultern Kisten und luden sie in den riesigen Schiffsbauch ein; Mehl und Mais und Benzin und alles Mögliche. Und genau hier begann das Problem. Die Ware wurde schief eingeladen. Zuerst kümmerte es niemand, und man merkte auch nicht viel davon. Als sie jedoch wieder auf offener See waren und ein Sturm aufkam, merkten sie die ungleich verteilten Lasten der Ladung sehr deutlich. Das Schiff rollte jetzt noch mehr als sonst, und der Sturm verstärkte sich. Sie waren inzwischen in der Bai von Biskaya, die berühmt und berüchtigt war für ihre furchtbaren Stürme!

Der, den sie erlebten, war einer davon. Sie stand am Bullauge und beobachtete, wie der Mast des Schornsteines sich immer mehr zum Wasser hin neigte und kaum wieder aufrecht kam. Das Wasser und die Gischt, spritzten in hohen Wellen über das Deck und alles, was nicht festgebunden war, rutschte von Bord.

Sie geriet plötzlich in Panik und rannte vom Bullauge weg, rutschte aus und schlug heftig an die Wand auf der anderen Seite des Salons auf. Fast hätte sie sich den Arm gebrochen.

Ihr Vater verfluchte seine Idee, Kokosnüsse zu kaufen, denn die rollten hin und her, hin und her und niemand konnte aufstehen und sie aufheben. Alles blieb in den Kojen liegen und man hoffte, dass der Sturm sich bald wieder legen würde. Klack klack, klack klack klack…. Später erfuhr sie, dass der Kapitän ein SOS ausgesandt hatte und nur dadurch, dass er gegen die Wellen steuerte, das Schiff gerettet hatte. Aber dadurch waren sie ziemlich vom Kurs abgekommen und hatten fast einen ganzen Tag verloren. Jetzt fuhren sie mit dreißig Knoten. Höchstgeschwindigkeit! …

„Marie, träumst du schon wieder?" Patrick legte seinen Arm um sie. „Gefällt es dir?"

„Ich habe an früher gedacht. Wir haben schon mal so eine Reise mitgemacht, aber eben sehr viel primitiver", erzählte sie ihm.

Der Tafelberg war nicht mehr zu sehen.

Die Tage verflogen. Sie verbrachte sie mit Lesen und Spaziergängen, aber oft schaute sie einfach auf das Wasser hinaus. Es ereignete sich nichts Interessantes. Das gigantische Schiff war so stabilisiert, dass sie noch nicht mal das Rollen spürte. Das leise Vibrieren der Motoren im riesigen Schiffsbauch wirkte beruhigend. Wie ein großes Luxushotel, mit verschiedenen Schwimmbädern, Fitnessräumen, Bibliotheken, Bars und Restaurants wirkte das Schiff und zog seine Bahn durch das Meerwasser. Wenn sie das mit der Reise von damals verglich, war ihr die erste Reise eigentlich viel lieber. Das erzählte sie Patrick nicht, denn er freute sich so, mit ihr diese Schiffsreise zu machen.

Kapitel VI

Die Türkei

Patricks Ziel war die Türkei, und zwar ein Schloss aus Tausendundeiner Nacht an der irakischen Grenze mit dem Berg Ararat im Hintergrund. Hier wollte er recherchieren und darüber schreiben. Obwohl sie ihre Reise ursprünglich weiter gebucht hatten, wurde ihnen die Reise zu langweilig, und so entschlossen sie sich, schon in Hamburg von Bord zu gehen. Von dort aus wollten sie mit einem Auto nach Österreich und sich dort einen VW-Bus mit Schlafgelegenheit mieten. Außerdem mussten sie sich für die weitere Reise rüsten.

Den ersten Teil der Strecke durch Deutschland und Österreich wollten sie nachts zurücklegen. Schnell merkten sie, dass das eine gute Entscheidung war, denn die Straßen waren vollkommen leer. Sie kamen weiter als sie jemals geträumt hätten. In unglaublich kurzer Zeit erreichten sie bereits Jugoslawien mit dem Loibl Pass vor sich. In all den Jahren, wurde scheinbar überhaupt nicht an diesem Pass gearbeitet, und der Weg war schlecht. Marie konnte sich überhaupt nicht auf die schöne Landschaft konzentrieren, da sie sich krampfhaft festhalten musste, um nicht von einer Seite zur anderen geschleudert zu werden. Patrick hatte jetzt einen Höllenspaß daran, den VW-Bus so schnell er konnte, den Pass hinauf zu scheuchen.

Seit sie in Jugoslawien unterwegs waren, blieben die Touristen weg. Die Wege waren menschenleer, und glücklicherweise begleitete dieser Umstand sie die ganze Reise lang. Sobald sie aber die Grenze passierten, wurden die Straßen noch schlechter. Oftmals waren es nur noch Schotterstraßen. Die geteerten Straßen waren voller Schlaglöcher, sodass Patrick nur mühsam vorwärts kam.

Zum wiederholten Mal gab es Unruhen auf dem Balkan, doch zum Glück merkten sie davon nichts. Sie sahen keine Polizei, keine Soldaten oder Panzer. Nur die Tatsache, dass es kein Benzin und merkwürdigerweise auch kein Dieselkraftstoff mehr zu kaufen gab, sobald sie südlich von Belgrad waren, erinnerte an die Scharmützel.

Abends erreichten sie kurz hinter Nis einen Campingplatz, wo sie sich ausruhten. Auch hier war kein Mensch zu sehen. Nur zwei Campingwagen standen dort, ansonsten war es menschenleer. Sie probierten zum ersten Mal ihren Bus als Schlafgelegenheit aus und waren angenehm überrascht, als sie herrlich darin schlafen konnten. Sie lauschten den Grillen und später dem leisen Sommerregen wie er auf das Metalldach tröpfelte. Es dauerte nicht lange, da umgab sie friedlicher, tiefer Schlummer.

Am nächsten Morgen wachten sie von den Gesängen der Vögel und dem Gezirpe der Zikaden auf. Es versprach ein schöner warmer Sommertag zu werden…

Nach einem guten Frühstück und sehr starkem Kaffee waren sie bald wieder unterwegs. Jetzt schlängelten sich die Straßen zwischen Schluchten und Flüssen dahin, und die Landschaft war zu schön, um sie zu beschreiben. Nach dem hässlichen, kahlen Wegstück zwischen Zagreb und Belgrad war das eine richtige Wohltat. Gegen Nachmittag erreichten sie dann die bulgarische Grenze und konnten zum Glück ziemlich schnell weiterfahren.

Sie erinnerte sich an Bulgarien von früher, als sie mit ihrem Mann lange Reisen unternahm. Zum ersten Mal jedoch sah sie Bulgarien bei Tag. Es ist ein schönes Land mit wallenden Hügeln und kleinen Dörfern, die scheinbar nur von einer Straße durchzogen werden. In der Mitte hatte man Rosen gepflanzt, und an den Seitenstreifen liefen Esel und Kühe frei herum.

Patrick und Marie konnten ohne Aufenthalt durch das Land fahren. Nach einer langen Strecke erreichten sie die türkische Grenze, wo sie gerade rechtzeitig ankamen, um den Muezzin vom Minarett „Allah ist groß…“, rufen zu hören. Dies war das Land der Moscheen.

Istanbul

„Warst du schon mal hier, Patrick?“, fragte sie ihren Mann, als sie sah, wie verzaubert er die Landschaft in sich aufnahm.

„Ja, aber es ist schon sehr lange her. Scheinbar hat sich aber wenig geändert.“

In Edirne, direkt hinter der Grenze, machten sie wieder eine Pause und besuchten die schönste aller Moscheen. Der Architekt Sinan bezeichnete sie als sein Meisterwerk und das war nicht übertrieben. Das letzte Licht der untergehenden Sonne strahlte auf die Minarette, die sich im Wasser zwischen den Fontänen spiegelte. Sie saßen schweigend da und nahmen die Eindrücke in sich auf. Es war überwältigend! Leider konnten sie nicht allzu lange dort verweilen, da sie noch vor Sonnenuntergang Istanbul erreichen wollten, und das war noch weit.

Der Weg führte jetzt an der Küste entlang. Obwohl das Meer schön war, waren die Wohnungen und Hotels, die dicht nebeneinander standen, unglaublich hässlich.

Mit Schrecken stellten sie fest, dass es immer dunkler wurde, und der Weg nach Istanbul zog sich noch lange hin.

Endlich, als sie um einen Berg kamen und die letzten Kurven hinter sich ließen, erschien die majestätische Silhouette von Istanbul, eingetaucht in das wunderschöne Licht der untergehenden Sonne. Erleichtert fuhren sie das letzte Stück bis zur Stadt.

„Das war aber spannend", seufzte sie, und als Patrick sie von der Seite ansah, passierte ihm ein furchtbarer Fehler: Sie nahmen die falsche Ausfahrt! So landeten sie mitten in Istanbul, direkt in einer chaotischen Hölle! Zehn Reihen von Autos, Taxis, Lastwagen, Busse, Fahrräder, Mopeds, Obstverkäufer mit Karren, frei laufende Hunde und alles in allem mit ohrenbetäubendem Lärm…, das Gehupe, das Geschreie und die Tatsache, dass alles einfach dort fuhr, wo gerade Platz war, machte die Weiterfahrt sehr gefährlich.

„Ich kann nichts mehr sehen!", sagte Marie weinerlich und wünschte sich weit weg von diesem furchtbaren Ort.

Es wurde immer dunkler und unmöglich, Straßenschilder zu lesen. Dann verirrten sie auch noch in die Hinterhöfe von Istanbul. Die Straßen hatten kein Licht mehr und wurden immer enger und enger. Berge von Müll und Unrat, die einen furchtbaren Gestank verbreiteten, lagerten an den Wänden oder türmten sich in den Straßen. Obskure Gestalten schwankten betrunken von einer Seite zur anderen, und Patrick musste sehr aufpassen, dass er niemanden überfuhr. Die Gässchen wurden so eng, dass sie Angst hatten, bald nicht mehr durchkommen zu können. Würden sie jemals aus dieser Hölle wieder herausfinden?

Plötzlich erkannte Marie die Umgebung von früher, und sie kamen direkt am Bahnhof wieder heraus.

Sie hatte Patrick erzählt, dass sie Freunde in Istanbul und mit ihrem verstorbenen Mann die Stadt häufig besucht hatte. Jetzt steuerte sie zielsicher auf das Restaurant ‚Trabzon' zu, und zu ihrer großen Freude, erkannte sie die alten Freunde wieder. Es hatte sich in all den Jahren dort nichts geändert. Abends wurden die Straßen umgewandelt in Cafés mit Tischen und Stühlen. Überall saßen die Menschen und aßen und tranken. Es war unglaublich gemütlich.

Total erschöpft von diesem Abenteuer, ließen sie sich verwöhnen und tranken erst einen ‚Çay'. Die Freunde waren traurig, als sie die Geschichte vom ihrem ersten Mann hörten, aber akzeptierten schnell auch Patrick als ihren Partner.

Patrick war kreidebleich und beide zitterten noch von dieser Strapaze. Es war nicht so sehr die langdauernde Reise, sondern die Anspannung der unfreiwilligen Fahrt durch die Stadt.

Während sie sich ausruhten und aßen, sorgten die Freunde für ein Hotel mit einer Garage für den Bus. Sehr wichtig, denn wenn der Bus nicht in Sicherheit war, kämen sie nicht mehr weg.

Am nächsten Tag nahmen sie eine Fähre über den Bosporus, um den asiatischen Teil der Stadt zu besichtigen.

„Mein Mann hatte damals viele Bilder auf dem jüdischen Friedhof gemacht", erzählte sie Patrick. „Auf dem ‚Jahudi Mensarlik' lagen 6.000 jüdische Sarkophage aus feinem Marmor. Alle lagen in der gleichen Richtung. Die meisten waren mit Motiven von Pflanzen verziert. Er hatte dort auch seinen eigenen „Berber". Wollen wir nachschauen, ob es den noch gibt?"

Patrick hatte einen guten Haarschnitt nötig. Er kannte die türkische Art, während einer ganzen Zeremonie das Haar zu schneiden, das Gesicht zu massieren und vielmals zwischendurch ‚Çay' zu trinken. Nach so einem Erlebnis fühlt man sich wie neugeboren.

„Ja", sagte er begeistert, „das wird mir gut tun."

Danach schlenderten sie auf dem Kai, setzten sich auf zwei winzig kleine Rattanstühlchen und aßen ein Fischbrötchen. Der Fisch wurde in einem Fischerboot vorbereitet. In einer großen gusseisernen Pfanne mit heißem Öl wurde der Fisch gebraten und dann mit Petersilie und Zwiebeln auf einem Stück Brot angeboten. Durch das Hin- und Herschaukeln des Bötchens wurde das Öl überall über den Fisch verteilt. Es war eine herrliche Mahlzeit, die kaum etwas kostete.

Es war auch schön, einfach da zu sitzen und das Treiben der Menschen zu beobachten, die alle mit irgendetwas beschäftigt waren. Die kleinen Jungs putzten Schuhe. Ihre Putzsachen wurden in einem mit Messing geschmückten Kästchen herumgetragen. Richtige Kunstwerke! Die älteren Jungs verkauften Kringelbrote, die sie in großen runden Schalen auf dem Kopf trugen. Ein paar Männer saßen einfach da und fischten. Dazwischen suchten die vielen Katzen nach Fischresten und bettelten um Futter.

„Marie, wir wollen aber nicht zu lange in den großen Städten bleiben. Lass uns lieber weiterziehen auf das offene Land", sagte Patrick, als sie abends im Hotel noch bei einem Gläschen Wein saßen.

„Ja, das ist mir auch recht", antwortete sie erleichtert. Denn bereits jetzt bekam sie Beklemmungen von den vielen Leuten und dem immerwährenden Lärm. Sie dachte zurück an die herrliche Ruhe ihrer Farm und vermisste Stinnie.

Früh am nächsten Morgen verabschiedeten sie sich von den Freunden und sagten Istanbul ‚Adieu'. Die Stadt schlief noch. Die Straßen, die am ersten Abend so unheilvoll chaotisch und überfüllt wirkten, waren jetzt menschenleer. Sie kamen ohne weitere Probleme aus Istanbul heraus und konnten ihre Reise fortsetzen über Izmit, Adapazari, Bolu und Gerede Richtung Samsun, das am Schwarzen Meer liegt. Als sie zur Abenddämmerung die Stadt erreichten, waren sie jedoch enttäuscht. Die Stadt war hässlich!

Sie fuhren also weiter an der Küste entlang und suchten einen sauberen Campingplatz. Das war eine weise Entscheidung, denn nur ein paar Kilometer weiter, direkt am Meer gelegen, fanden sie einen idyllischen Campingplatz, der komplett versteckt zwischen Pinien lag. Und schon wieder waren sie allein! Die sanitären Einrichtungen waren sauber, und sie hatten sonst alles, was sie so brauchten. Der Eigentümer brachte frisch gefangenen Seefisch, und Patrick zündete zufrieden seine Pfeife an. Er versuchte ein Gespräch mit dem Mann, aber leider verstand der nur türkisch, sodass sie dann früh schlafen gingen.

„Hörst du die Frösche?", fragte Marie und erzählte Patrick, wie sie als Kind die Frösche aus dem Schwimmbad fangen mussten. „Komm, lass uns zu den Fröschen gehen."

Patrick nahm seine Taschenlampe, und sie liefen zum flachen Ufer, von wo das Gequake von Tausenden kleinen Fröschen zu hören war. Er richtete den Lichtkegel über das Wasser und sie entdeckten entzückt, dass sie genau im Rhythmus des sich bewegenden Lichtstrahls quakten. So schnell, wie Patrick das Licht bewegte, so schnell quakten die Frösche, bis sie fast hysterisch wurden.

„Du bist ein Froschdirigent!", lachte Marie.

An diesem Abend schliefen sie herrlich, nur mit dem Gekeckere der Frösche in den Ohren – und sie schliefen lange...

Am nächsten Morgen entdeckten sie, dass sie ganz alleine waren. Der Eigentümer hatte alles abgeschlossen und war verschwunden. Da sie schon am vorigen Abend bezahlt hatten, entschlossen sie sich dann, ohne Frühstück abzureisen.

„Oh, verdammt!", zischte Patrick zwischen seinen Zähnen hindurch und biss auf seine Pfeife.

„Wir sitzen fest!"

Sie hatten sich tatsächlich im Sand festgefahren. Es war kein Herauskommen mehr möglich. Es ging weder vorwärts, noch rückwärts und alle Bretter, Lappen und Pfähle, die sie mühsam unter die Räder schoben, konnten sie nicht aus diesem Dilemma befreien. Ohne Hilfe war es nicht möglich, weg zu kommen – und wer nicht kam, war der Eigentümer! Es wurde später und später...

Dann plötzlich, wie aus heiterem Himmel, fuhr ein Jeep mit drei Gendarmen den Weg entlang. Marie war über alle Maßen froh, sodass sie auf die

Männer zu rannte und den einen einfach am Arm zerrte. Bis jetzt konnten sie Patrick noch gar nicht sehen. Wer weiß, was die sich dachten?! Mit Händen und Füßen erklärte sie den Männern, dass sie im Sand festsaßen und Hilfe brauchten. Vermutlich durfte die türkische Gendarmerie so etwas überhaupt nicht tun, aber die drei Männer legten ihre Waffen hinten in den Jeep und zogen den Bus mühelos aus dem Sand. Von Geld wollten sie nichts wissen, aber dankbar nahmen sie Patricks deutsche Zigaretten an, die er sich noch in Hamburg gekauft hatte.

„Techekür ederim!", sagte Marie noch. Sie erinnerte sich an den Dankesgruß aus der Zeit, als sie mit ihrem Mann in der Türkei war, und die Männer strahlten erfreut.

Mittlerweile war auch der Eigentümer des Campingplatzes wieder zurückgekehrt und sie konnten sogar noch frühstücken. Die Welt war wieder in Ordnung!

Erst ziemlich spät konnten sie endlich ihre Reise fortsetzen. Die Straßen waren gut ausgebaut und in gutem Zustand, und sie fuhren an einer unglaublich schönen Strecke an der Küste direkt am Meer entlang. Sie sahen viele mit schweren Baumstämmen beladene Lastwagen. Sonst war unterwegs nichts los. Diese Küste war überhaupt nicht zugebaut, und man konnte sehen, dass hier nicht mit Touristen gerechnet wurde.

„Sieh mal, Patrick, es sieht aus wie Pietersburg!", rief sie überrascht aus, als sie durch eine Landschaft fuhren, die tatsächlich wie die der Drakensberge in Südafrika aussah. Auf der einen Seite der Straße ragte der Berg steil in die Höhe, mit seiner Spitze halb in den Wolken. Das Klima war sehr tropisch. Überall rauschten kleine Wasserfälle und zogen einen silbernen Streifen durch das Grün der Teegebüsche und Haselnussbäume. Auf der anderen Seite fiel die Küste steil nach unten ab. Tief unten tobte das Spiel der Brandung, deren Gischt teilweise über die Felsen schoss. Leider konnten sie das nicht sehen.

Die Häuser an der Wegstrecke waren sehr klein. Es waren kleine quadratisch gebaute Häuschen mit einem roten Dach, und Kühe und Eselchen weideten in den Gärten. Mädchen und Frauen, die unglaublich große Grasbündel auf ihren Rücken trugen, bedeckten ihre Gesichter mit der ‚Jaschmak', das Kopftuch, das auch als Schleier gefaltet werden kann.

Hin und wieder tauchte ein Lastwagen vor ihnen auf, der so schnell fuhr, als ob er den Teufel im Nacken hätte. Alle diese Wagen waren viel zu hoch und zu schwer beladen, sodass Marie Angst hatte, ein solcher könnte einmal umkippen. Und manchmal war es auch tatsächlich geschehen, und es blieben nur Trümmer übrig.

Sie waren erstaunt über gewaltige breite Boulevards, über die sie fuhren, wenn sie in die großen Städte kamen. Jede Stadt hatte ihr eigenes Denkmal von Atatürk. Verschiedenfarbige Lichter waren über die Straße gespannt. In der Regel gab es nur eine Hauptstraße, die direkt am Meer entlang führte. Der Rest war schmutzig und uninteressant. Auf jeden Fall das, was sie aus ihrem VW-Bus erblicken konnten.

Spät an Nachmittag erreichten sie endlich Trabzon, der erste Hauptziel ihrer Reise.

Trabzon

Trabzon ist eine große Hafenstadt mit etwa 180.000 Einwohnern. Diesmal war der Eingang zur Stadt noch pompöser und in der Mitte des breiten Boulevards blühte Oleander. An den Hängen der Berge konnte sie die Silhouetten von Schlössern und gregorianischen Kirchen sehen. Die Straße mit Kopfsteinpflaster führte steil nach oben, wo sich die Stadtmitte befand.

„Wollen wir uns ein Hotel gönnen?", fragte Patrick. Sie nickte erleichtert. Endlich wieder ein Bad nehmen und in einem Bett schlafen. Das wäre schön.

Sie fanden dann auch ein gutes Hotel in der Mitte der Stadt und erhielten ein schönes Zimmer im fünften Stock, mit Blick auf das Meer und den Hafen. Direkt unter ihnen befand sich ein großer Platz mit Bäumen und Springbrunnen, deren hohe Fontänen hoch in die Luft sprühten. Menschen saßen dort – essend, trinkend und lachend.

An das ewige Gehupe der zahllosen Autos, Busse und sonstiger Gefährte hatte sie sich fast schon gewöhnt. Der Orient war nicht nur schon zu sehen, sondern lebendig zu hören.

Abends gingen sie noch ein wenig spazieren. Sie waren wirklich überrascht von den herrlichen Schaufenstern mit geradezu luxuriösen Waren. Diese Stadt hätte es in dieser Hinsicht mit Paris aufnehmen können.

Als sie das Zentrum verließen, stießen sie auf den Basar. Aber zu dieser Zeit, um 23 Uhr, war auch der Basar geschlossen. Nicht so all die kleinen Geschäfte mit ihren Lädchen, die überall noch ihre Waren anboten, meistens unter buntem Lampenlicht.

Dieses Licht präsentierte Gemüse und Obst in einem wahren Kaleidoskop von Farben. Das Obst wurde nach Größe und Farbe ausgesucht. Manchmal erschienen richtige Muster in den Körben. Nicht nur als Augenweide bestimmt, waren die Lädchen, die frische und getrocknete Kräuter verkauften. Die unterschiedlichen Gerüche waren manchmal überwältigend. Kräuter standen in Leinensäcken da, und jeder Sack hatte oben eine exakte Falte, wodurch die verschiedenen Farben und die Beschaffenheit der Ware noch mehr ins Licht gerückt wurde. Rot gemahlener Pfeffer, grüne Kräuter, gelber Safran, brauner Koriander und ungezählte, verschiedene andere unbekannte Sorten bezauberten ihre Sinne.

Ein Schuster saß wie im Mittelalter auf dem Boden, und zwar auf einer schönen handgeknüpften Brücke. Er nähte Schuhe von Hand. Dies war der wahre Orient.

Patrick setzte sich im Schneidersitz zu ihm, und der Schuster bot ihm und Marie wortlos einen ‚Çay' an. Er nahm im Gegenzug dankbar eine der deutschen Zigaretten. Während Patrick seine Pfeife rauchte und der Schuster hustend an der Zigarette sog, sah Marie sich um. Sie entschied sich für ein paar handgemachte Sandalen, und der Schuster freute sich.

Die Straßen hatten noch Gaslaternen und führten steil nach unten zum Meer und zum Hafen. Sie waren herrlich sauber. Kein Fetzen Papier, keine Cola-Büchse lag herum.

Die Nachtluft war mild, und jetzt rochen sie auch zum ersten Mal das Meer. Die Menschen waren sehr freundlich und sie konnten sehen, dass sie es nicht gewohnt waren, Besuch zu bekommen. In der Nähe des Hafens trafen sie auf eine Art Markt, der von Armeniern betrieben wurde, sogar um diese Stunde war er sehr belebt. Es herrschte reges Treiben und lautstark wurde um die Waren gefeilscht. Die armenischen Besucher des Marktes kamen mit Bussen oder manchmal auch mit dem eigenen Wagen angefahren, um Handel zu treiben.

„Schau mal Patrick, ist das nicht traurig!", rief Marie aus, als sie eine kleine Frau sah, die einfach auf einem Koffer saß und in ihren Händen drei russische ‚Babuschkas' hielt. Marie gab ihr das Dreifache des eigentlichen Preises für die Püppchen. Daraufhin ergriff die Frau ihre Hände und küsste diese vor lauter Dankbarkeit.

Es wurde mit allem Handel getrieben. Hässliches, buntes Plastik-Kinderspielzeug, meistens in Form irgendwelcher Waffen und viele andere unnütze Dinge. Später erfuhren sie, dass die Frauen auch sich selber verkaufen mussten, damit sie wenigstens etwas zum Essen kaufen konnten.

Sumela

Am nächsten Morgen brachen sie ziemlich früh auf. Das Tagesziel war ein griechisches Kloster, 54 Kilometer südlich von Trabzon gelegen. Das Kloster lag auf 1.628 Metern Höhe, versteckt zwischen Schluchten. Laubbäume schillerten in verschiedenen Grüntönen. Geräuschvolle Bächlein und kleine Wasserfälle säumten den schmalen Pfad zwischen Felsen und Farnen. Es war eine mühsame Kletterpartie zum Kloster hoch.

Nach den Überlieferungen, wurde das Kloster von Mönchen gegründet, die eine Ikone fanden, welche auf geheimnisvolle Weise von Athen nach Anatolien gekommen war. Das muss sehr lange her gewesen sein. Über diese Ikone wurden die wundervollsten Geschichten erzählt. Die Mönche erzählten, dass das islamische Volk, das damals hier durchreiste, versuchte, die Ikone zu verbrennen, aber sie konnten sie nicht in Brand setzen. Dann versuchten sie, die Ikone mit einem Beil zu zerschlagen, aber auch das gelang nicht.

Dann warfen sie die Ikone in den Fluss. Doch sie klebte an den Ufern und schwamm nicht weg.

Das Kloster mit dem schönen Name ‚Sumela‘ war der Heiligen Jungfrau Maria geweiht. Es lag direkt in einer Felswand, schwarz vom Ruß des Feuers der Mönche. Im Jahr 1749 ließ der Erzbischof Ignatios das Kloster mit Fresken schmücken. Bis heute sieht man noch die Reste dieser herrlichen Fresken. Früher waren die Böden auch mit Mosaiken bedeckt. Jetzt ist nichts mehr davon übrig.

Den Rest ihres Aufenthalts in Trabzon nutzen sie mehr oder weniger, um sich auszuruhen und einfach die Menschen zu beobachten. Patrick hatte bereits angefangen, sich Notizen zu machen, und sie saßen auf dem Platz vor dem Hotel. Sie genossen einfach die Sonne.

Die Hagia Sophia von Trabzon war noch einen Besuch wert. Sie ist eines der schönsten Beispiele für byzantinische Kirchenarchitektur. Auch hier konnten sie die schönsten Fresken mit ihren ursprünglichen Farben bewundern, die noch in derselben Intensität, in der die orthodoxen Mönche sie gesehen haben, schillerten.

„Ich muss noch einen Höhenmesser haben“, sagte Patrick ‚als sie an einem Geschäft vorbeikamen, das allerlei Kameras und optisches Gerät verkaufte.

„Von jetzt an werden wir immer höher und höher klettern“.

Für die weitere Reise kauften sie auf dem Bazar auch noch ein Paar Wasserkanister. An einem Montag reisten sie ab.

Die Reise ging immer an der Küste entlang durch wunderschöne Tee- und Haselnussplantagen. Sie waren jetzt gerade fünf Kilometer von der russischen Grenze entfernt und Patrick wollte versuchen hinüber zu kommen. Die Türken, die dort wohnten, konnten bereits mühelos die Grenze passieren, aber als sie ein Schild lasen, auf dem Ausländer gewarnt wurden, die Grenze zu überqueren, entschieden sie, es lieber nicht zu wagen. Sie wollten keinen Ärger.

Die weitere Fahrt war unbeschreiblich schön. Die Schilderungen in den Büchern von Karl May, vor allem in seinem Buch ‚Durch das wilde Kurdistan‘ wurden hier zur Wirklichkeit. Sie fuhren durch fantastische Schluchten mit steil aufragenden Felswänden, die mit vielen unterschiedlichen Farben durchzogen waren. Sowie die Sonne ihre Intensität verlor, veränderten sich die Farben

90

von Zinnoberrot in Purpurrot und weiter in sanft schimmernden Goldton. Es war unglaublich.

Weit unten begleitete sie ein Flüsschen, in dem sich die Farbvariationen der Schluchten spiegelten. Manchmal Silber, dann wieder Türkis oder sogar weiß wie Milch. Sie waren vollkommen verzaubert von dieser Landschaft, und obwohl es schon dunkel wurde, fuhren sie langsam, ohne irgendwelche anderen Gedanken durch die Schluchten und an den Felswänden vorbei. Die herrlichen Eindrücke sogen sie auf wie ein trockener Schwamm das Wasser.

„Irgendetwas stimmt nicht!", sagte Patrick plötzlich in ihre Gedankenstille hinein, und sie sah wie er immer wieder in den Rückspiegel blickte.

„Was ist los?", fragte sie ängstlich.

„Ich weiß nicht genau. Seit einiger Zeit fährt ein Tanklastwagen hinter uns, zeigt aber mit Aufblendlicht, dass ich anhalten soll. Vielleicht sollte ich?!"

Er hielt den VW-Bus nach einer Kurve auf einem Seitenstück an. Der Lastwagen hielt direkt hinter ihm. Ein großer schwer gebauter Türke stieg aus und lief langsam auf sie zu.

„Problem! Terrorist!", sagte er nur.

Maries Herz blieb stehen.

„Wo ihr hin?", fragte er in gebrochenem Deutsch. „Nix Karst. Karst Terrorist!"

Er warnte eindringlich davor, die kurdische Stadt Karst zu besuchen, aber da sie viel weiter nördlich lag, als die Gegend, zu der sie hin wollten, beruhigte Patrick den Fahrer.

Dieser erzählte, dass es in der letzten Zeit einige terroristische Anschläge gegeben hatte, zwar nicht direkt auf Touristen, aber man sollte nicht wild campen. Das sei viel zu gefährlich. Er riet, lieber ins Hotel zu gehen, oder wenn das auch nicht möglich sei, dann an einer Tankstelle zu übernachten. Das war aber jetzt überhaupt nicht mehr möglich. Sie waren kilometerweit vom nächsten Hotel entfernt und in diesen Schluchten gab es auch keine Tankstelle.

„Hier schau", Patrick zeigte dem Fahrer auf seiner Karte, wo sie hin wollten. „Hier ein kleiner See, ‚Tortum Gölü'."

„Ist gut", sagte Jusuf, so hieß ihr neuer Freund, „du sicher."

Tortum Gölü

Sie unterhielten sich noch ein bisschen in gebrochenem Deutsch und mit
Händen und Füßen, aber durchaus verständlich, und Jusuf verabschiedete
sich schließlich.

Zum Glück war ‚Tortum Gölü' nicht mehr weit weg. Sie erreichten ihr Ziel
noch bei Tageslicht. Als sie sahen, was Patrick sich ausgesucht hatte, waren
sie angenehm überrascht. Das Wasser des Sees leuchtete in kräftigem Türkis
und glänzte wie ein Spiegel. Die Schluchten und Felswände der Berge spiegelten sich im Wasser. Von der Hauptstraße führte nur ein sehr schmaler
Schotterweg zum See. Sie waren zunächst ängstlich, ob sie überhaupt mit dem
Bus darüber fahren konnten. Der Pfad endete auf einem kleinen grünen Rasen. Wiederum waren sie mutterseelenallein. Nur ein kleines Ruderboot am
Ufer zeigte, dass hier überhaupt irgendwann mal jemand war und diese
Idylle betrat.

Es dauerte dann auch nicht lange, bis Jusuf, Ihr neuer Freund, den Schot-
terpfad herunter gelaufen kam, um zu sehen, wo sie übernachten wollten,
aber vor allem, ob sie in Sicherheit waren. Seinen großen Lastwagen hatte er
auf der Hauptstraße gelassen. Sie plauderten eine Weile, tranken ‚Çay' und
tauschten die Adressen aus. Jusuf erzählte, dass er selbständig war und der
Lastwagen ihm gehörte. Ein paarmal in der Woche fuhr er den langen Weg
von Trabzon nach Erzerum, immerhin an die 400 Kilometer, und lud dort
Treibstoff. In Erzerum übernachtete er meistens. Dann fuhr er wieder zurück.

Es wurde jetzt spät ,und Jusuf verabschiedete sich endgültig, da es von
dort doch noch 150 Kilometer bis Erzerum waren.

„Lass uns doch mal sehen, wo wir sind", sagte Patrick und nahm sie bei
der Hand. Es gab nicht viel zu entdecken, und deshalb legten sie sich in das

kleine Ruderboot, hörten den Fröschen zu und wurden durch das sanfte Geschaukel des Bötchens sehr schläfrig.

Im Bus war ihr Bett schon vorbereitet, sodass sie dankbar und müde in die
Schlafsäcke kletterten und sich nicht mal die Mühe machten, die Vorhänge an
den Fenstern zuzumachen. Sie waren doch allein!

Wenn sie nach oben durch die Fenster schauten, sahen sie wie der Mond
langsam hinter den Bergen hervor kam. Eine bleierne Müdigkeit überkam sie.
Sie hörten nur noch entfernt die Brandung des Meeres und den Gesang der
Frösche, die sie in ihre Träumen begleiteten...

Dann brach die Hölle los!

Patrick wurde zuerst wach und stöhnte nur noch: „Oh Gott, sie werden
uns umbringen!"

Sie konnten erst nichts sehen, nur Aufblendlichter, die direkt in den Bus
schienen, und sie hörten das Geräusch von schweren Motoren, die immer näher und näher kamen. Es dauerte Minuten, und sie waren in Todesangst. Sie
saßen fest in den Schlafsäcken, der Bus war abgeschlossen. Sie konnten sich
nicht rühren! Näher und näher…, bis einen halben Meter vom Bus entfernt.
Alles war nur noch in Licht und Lärm getaucht.

Marie sah in ihrer Phantasie nur noch schwer bewaffnete Männer mit Ka-
laschnikows, die aus ihren Jeeps sprangen und sie umringten.

(Später sagte Patrick, dass es niemals Terroristen sind, sondern immer Militär, wenn sie mit Jeeps kamen.)

Dann rief Patrick plötzlich: „Jusuf, bist du es?"

Tatsächlich! Es war Jusuf, der, ohne daran zu denken, welchen Schrecken
er ausgelöst hatte, doch unruhig war, und nachdem er seinen Treibstoff abge-
laden hatte, die 150 km zurückkehrte, weil er sie beschützen wollte. Er war
mit seinem riesigen, aber jetzt leeren Tanklastwagen langsam den kleinen
Pfad herunter gefahren. Er wollte so den einzigen Eingang zum See blockie-
ren!

Hinten auf seinem Lastwagen stand in Türkisch ‚tehlikeli madde', was so viel wie ‚gefährliche Stoffe' bedeutet. Marie konnte das Wort aber nicht behalten und nannte den Tanklastwagen von jetzt an ‚dicke Lilly'.

Früh am Morgen fuhren sie dann wieder weiter in Richtung Erzerum, schon tief in kurdischem Gebiet. Von nun an waren sie doch auf der Hut.

Ab jetzt änderte sich die Landschaft komplett. Die Lieblichkeit der Schluchten und die tropische Landschaft um das Schwarze Meer waren gänzlich verschwunden. Sie wechselten über in dürre Steppen und Wüsten. Bis jetzt waren immer noch die Schluchten da, aber tagsüber waren die Farben ganz anders und wirkten nicht mehr so wunderschön märchenhaft.

Sowie sie aus den Schluchten kamen, wurde es immer wärmer und wärmer, und das Thermometer im Bus zeigte stolze 40°C. Die Landschaft wurde gelb und Gold und war scheinbar sehr fruchtbar, denn gelbe Kornfelder wechselten sich mit dem Lila der Berge in der Ferne ab. Die Landschaft war leicht hügelig, das sah aus wie sanfte Erdwellen. Marie hatte das Gefühl, wieder in Südafrika zu sein. So sieht es auch im Transvaal aus. Nur die Hirten mit ihren typischen, weiten, türkischen Hosen und ihre Schafe waren Beleg dafür, dass sie sich im Orient befanden.

„Schau, Marie, hier muss etwas Interessantes sein! Wollen wir einen Abstecher machen?", rief Patrick aus, als er am Straßenrand ein gelbes Schild sah, das keinerlei Aufschluss darüber gab, wohin es hier ging.

„Ja, gern", antwortete sie begeistert. Alles, um nochmals eine Pause zu machen und sich vielleicht auch noch ein wenig abzukühlen. Die Hitze war jetzt doch ziemlich extrem.

Dann entdeckten sie eine georgische Kirche, die verloren in einem kleinen Hirtendorf am Berg stand. Das Dörfchen strahlte einen Frieden aus, der nicht mehr von dieser Welt war.

Der Dorfälteste kam langsam auf sie zu und begrüßte sie herzlichst. Dann begleitete er sie und erzählte die Geschichte der Kirche. Frauen wuschen mit viel Geplapper ihre Wäsche im Dorfbrunnen. Überall spielten Kinderchen. Es war gerade die Zeit der Maulbeerernte, und alles lachte und hatte unheimlich viel Spaß daran, die alten verknurzelten Maulbeerbäume zu schütteln, damit die Früchte herunterfielen. Die alten Bäume spendeten herrlichen Schatten, und es war richtig kühl unter ihnen.

Die Kirche war eine wahre Schönheit. Sie war so gut erhalten, dass die alten Fresken in den ursprünglichen Farben durch all die Jahren in ihrem ursprünglichen Licht erstrahlten.

Auch hier musste erst wieder ‚Çay' getrunken werden. Der Mann erzählte in ziemlich gutem Deutsch, dass in diesem Jahr überhaupt keine Touristen erschienen seien. Sonst gäbe es immer einige, aber durch die kurdischen Unruhen blieben die Menschen weg. Es war eigentlich erstaunlich, dass überhaupt Touristen dorthin kamen, denn nirgends wurde diese Kirche beschrieben. Nur das gelbe Schild wies darauf, dass es überhaupt etwas zu sehen gab, nur nicht *was*.

Erzerum bildete einen starken Gegensatz zu dem friedlichen Dörfchen. Laut, dreckig mit grässlichem Verkehr und sehr, sehr heiß – eben der reinste Orient. Die Frauen waren jetzt sehr stark verschleiert. Nur die Augen guckten durch einen Schlitz. Sonst war das Gesicht überhaupt nicht zu sehen. Marie und Patrick merkten, dass sie immer näher an die persische und irakische Grenze kamen und vermutlich sah es dort auf der anderen Seite genauso aus.

Die Hitze wurde jetzt aber wirklich unerträglich. Sie hatten einfach nicht mehr den Mut und die Kraft, sich ein Hotel in dem Getümmel der Stadt zu suchen.

„Wollen wir lieber einen Campingplatz außerhalb aufsuchen, wo wir Ruhe haben?", fragte Patrick und er merkte, dass von Marie schon keine Reaktion mehr kam. Sie nickte nur müde.

Ein Stückchen außerhalb Erzerums, fanden sie dann tatsächlich genau das was sie suchten. Es war eine typische Raststätte mit Tankstelle für die schweren persischen Lastwagen, die aus Teheran kamen. Die Männer konnten sich hier ausruhen, essen und auch duschen.

Schon wieder waren sie allein. Der Campingplatz war einfach, aber sauber und hatte eine Dusche. Nur leider, zum wievielten Mal eigentlich schon?, ohne heißes Wasser. Allerdings war das in dieser Hitze nicht unbedingt ein Mangel. Es gab auch ein kleines Restaurant. Beim ‚Çay'- trinken brachte der Besitzer Nüsse und Schokolade und hieß sie herzlich willkommen.

Plötzlich flog eine Krähe auf den Tisch, aber der Besitzer lachte, fing das Tier mit den Händen und warf sie wieder sanft in die Luft.

Neben der Terrasse lag ein Zimmerchen, das anscheinend ein Lädchen war. Dunkel und voller Staub und mit unglaublich viel Gerümpel. Rattengift lag neben Keksen. Kerzen und Brot waren zusammen eingepackt. Sandalen, Teller und Kleider lagen einfach auf dem Boden. Ein unbeschreiblicher Geruch von verschiedenen Waschmitteln und Süßigkeiten lag schwer in der Kammer. Sie kauften noch Proviant, aber nur das Nötigste. Patrick holte sich ein paar Plastiksandalen. Angenehm, wenn man duschen wollte.

Sehr früh am Morgen reisten sie ab. Die Hitze wurde schnell unerträglich. Im Bus zeigte das Thermometer 55°C, und Marie war es schlecht.

Ihr Ziel war der Berg Ararat, oder auf Türkisch ‚Agri Dagi'. Der neu erworbene Höhenmesser zeigte 900 Meter über dem Meeresspiegel. Die Straßen wurden immer schlechter und waren eigentlich nur noch Geröllpfade. Nur Stückchen für Stückchen kamen sie unter extremem Geschaukel voran.

Eine plötzliche Aufregung machte sich breit, als sie immer näher an den Ararat kamen. Noch war nichts zu sehen.

„Da ist er!", rief Marie aufgeregt, als sie die hohe, mit Schnee bedeckte Spitze eines Berges sah, aber es war ein anderer Berg.

Dann plötzlich, frei aus der Landschaft heraus, ragte der Berg 4.000 Meter hoch über ihnen auf. Mit seinen 5.165 Metern ist er der höchste Vulkan weltweit. Wenige Leute haben bis jetzt diesen Anblick vor Augen gehabt, und die beiden wurden ganz still...

Direkt in der Umgebung des Berges Ararat, fünf Kilometer von Dogubayzit entfernt, war Patricks eigentliches Ziel: die ‚Ishak Pasa Saraji'. Die Ruine eines Palastes, die wie das Nest eines Adlers auf einem steinernen Plateau lag.

Der Berg Arrarat

Der Ishak-Pascha-Palast

Die Reste des Palastes lehnten gegen den Berg, mit einer wunderbaren
Aussicht über die Ebene und auf den Ararat. Die Mauerreste waren verziert
mit allerhand komplexen Motiven, die meistens Pflanzen zeigten. Der erste
Blickfang war das herrliche, seldshukische Portal vor dem Eingang. Dann traten sie in einen großen, quadratischen Innenhof, in dem die Sarkophage von

Isak Pasah und seiner Lieblingsfrau Abdi Pasa liegen. Danach ist es, als ob man sich plötzlich mitten in einem Märchen von Tausendundeiner Nacht befindet.

Die prächtige Außenfassade des Ishak-Pascha-Palastes

„Warte nur, Patrick, lass uns hier ein Moment sitzen. Ich möchte zeichnen", sagte Marie begeistert und holte ihren Zeichenblock. Durch ihre Fantasie versetzte sie sich in eine längst vergessene Zeit.

Es muss eine unglaubliche Pracht gewesen sein, mit großem Luxus. Brokat Vorhänge mit Gold bestickt. Die Kleider der Haremsfrauen aus feinster Seiden, bestickt mit Perlen und Gold. Die zarten ledernen Schühchen mit Halbedelsteinen verziert und alles schillerte in einem Regenbogen von Farben. Im Haremstrakt waren die Zimmer geschmückt und im Salon waren die Wände ringsherum verspiegelt, um die kostbaren Gewänder der Damen tausendfach widerzuspiegeln….

Patrick setzte sich zu dem Wärter und begann sein Interview. Es war erstaunlich, was der Mann alles wusste und in seiner sympathischen orientalischen Art bereitwillig erzählte.

Marie machte sich allerhand Skizzen. Die beiden genossen die Atmosphäre dieses prächtigen Ortes.

Was jetzt noch übrig war, war die kostbare Architektur und die steinernen, alten persischen Motive und Ornamente. Die Menschen hatten sich damals, so wie bei den Römern, auf die Kunst verstanden, eine Abwasserleitung zu bauen. Diese führte sogar 30 Kilometer außerhalb der Stadt. So hatten sie warmes Wasser in den Saunen und in der Küche. Ein Röhrensystem sorgte dafür, dass im Winter der ganze Palast beheizt werden konnte! Gleichzeitig war es im Sommer kühl.

Patrick nahm eine Abkürzung, die aber auf der Karte als gut ausgebaute Straße angezeigt war. Die Realität sah ganz anders aus. Riesengroße Schlaglöcher und ein immer wiederkehrender Schwarm von kleinen Vögeln, machten die Fahrt ziemlich gefährlich. Ihre größte Angst war, dass ein Vögelchen in die Frontscheibe fliegen würde. Sie hatten auf ihrer Fahrt schon hundert kaputte Frontscheiben gesehen. Wenn es hier passieren würde, könnte es ewig dauern, bis sie weiter kamen, da es keine Möglichkeit gab, für den Bus eine passende Frontscheibe zu erhalten.

Die Dämmerung brach schon an, als sie die ersten Farbvariationen der Van See sahen. Kobaltblau und Türkis wechselten sich mit dem Gold der untergehenden Sonne ab. Viele Hunderte von weißen und schwarzen Pünktchen verwandelten sich in Störche, die eine Rast einlegten auf ihrem langen Flug aus Afrika.

‚Van Gölü‘ war ein Binnensee, der auf 1.720 Metern Höhe über dem Meeresspiegel lag. Ringsum wurde er von hohen, mit Schnee bedeckten Bergen eingegrenzt, die am nördlichen Ufer mit dem Vulkan Süphan Dag eine Höhe von 4.400 Metern erreichten. Dies war vulkanischen Ursprungs. Eine Eruption aus dem Vulkan Nemrut Dag, vor ungefähr 200.000 Jahren, schuf diesen herrlichen See, dadurch dass die Lavamassen den einzigen Eingang verstopften. Dieser See ist mit 3.713 km² siebenmal so groß, wie der Bodensee und durch seinen sehr hohen Gehalt an Natriumkarbonat kann kaum ein Lebewesen darin überleben. Für die Menschen dagegen ist er eine Heilquelle für viele verschiedene Hautkrankheiten.

Es wurde bereits dunkel, als sie das Dörfchen Van erreichten. Sie mussten sich sehr anstrengen, um ein Nachtquartier zu finden. Erst ungefähr 20 Kilometer außerhalb Vans, fanden sie einen Campingplatz, der schön unter alten Obstbäumen lag und direkt an den See angrenzte.

„Ich finde den See viel schöner als das offene Meer“, sagte Marie entzückt. „Hör mal, er hat sogar eine Brandung!“

Die Nacht war friedlich, und diesmal schliefen sie mit dem feine Rauschen der Brandung ein.

Am Morgen sahen sie dann an den Tischen unter den Bäumen drei sehr unangenehm aussehende Männer sitzen, die sie allerdings heran winkten und ihnen einen ‚Çay‘ einschenkten. Es waren Kurden. Ihre Sprache war so verschieden vom Türkischen, dass nur mühsam mit Hilfe eines Wörterbuches eine Art Gespräch zustande kam. Die Kurden wetterten die ganze Zeit über die Türken und machten eindeutige Zeichen. Dann erschien plötzlich ein vierter Mann und sofort änderten die anderen drei ihre Haltung. Als er sich hinsetzte, holte er aus seinem Gürtel einen Revolver, den er Patrick lachend in die Hand drückte. Es war ein belgischer FN. Er wollte dann unbedingt fotografiert werden und drückte Marie die jetzt geladene Waffe in die Hand und stellte sich hinter sie. Die anderen Männer sagten ehrfürchtig ‚Mafia Baba‘, was so viel bedeutet wie ‚der Pate‘. Seref Bayram, wie der Pate wirklich hieß, war der Mafia Boss der ganzen Umgebung. Sein Reichtum bestand aus drei

Mercedes 500, diversen Gebäuden in Istanbul und Waffen. Vermutlich hatte er auch einiges auf dem Kerbholz...

„Lass uns gehen", flüsterte Patrick Marie zu und verlangte die Rechnung, aber Seref Bayram negierte beleidigt.

Er brauchte kein Geld von Touristen.

Achtamar

Jetzt schlängelten sich die Straßen an den steilen Hängen der hohen Berge direkt am Meer entlang. Die Küste war vollkommen unverbaut und hatte ihre ursprüngliche Schönheit behalten. Die Farben waren unglaublich schön.

Ganz im Süden des Sees lag die Insel Achtamar, etwa vier Kilometer von der Küste entfernt.

Achtamar

„Lass uns, nur für uns, ein kleines Boot mieten", schlug Patrick vor, da er unbedingt alleine auf der Insel sein wollte. Die Insel enthielt nämlich einen ganz besonderen Schatz: die Kirche Achtamar. Malerisch stand sie zwischen silberglänzenden Olivbäumen da. Die Kirche stammte aus dem Jahr 915 und es dauerte neun Jahre, um sie zu vollenden. Der Grundriss war in Form eines Kleeblattes und das Gebäude selbst war eine Kreuzkuppel mit konischer Spitze. Leider waren hier die Fresken kaum noch zu erkennen, und die Farben waren undeutlich und verblichen, aber reiche Reliefverzierungen, die rings-herum an den Außenmauern verliefen, waren es, die die Kirche jetzt noch be-rühmt machten. Die christlichen Motive waren deutlich zu sehen. Der Stein war frisch wie am ersten Tag.

Zu Patricks Enttäuschung waren sie hier nicht allein. Italienische Touristen benahmen sich genau wie *alle* Touristen das üblicherweise tun. Sie waren laut und respektlos vor der Sakrale der Kirche. Darum zogen sie es vor, die Insel zu besichtigen.

Sie kletterten, während es unglaublich heiß war, den Berg hinauf, wurden oben aber belohnt durch ein wahres Vogelparadies. An Steilhängen, unmög-lich für jeden Mensch sie zu erreichen, nisteten Hunderte von Seevögeln. Mö-wen, Schwalben, Albatrosse und auch die schnellsten Flieger aller Vögel, die elegante Seeschwalbe, brüteten dort. Es gab einen ohrenbetäubenden Lärm durch die vielen schallenden Rufe, die in den Hängen ihr Echo fanden.

Weit unten lag der Bootsmann in seinem Boot. Als sie zurückgehen woll-ten, fanden sie ihn eingeschlafen, dick eingehüllt in Decken. Nur die Nasen-spitze lugte hervor. Und das in dieser Hitze!

Tatvan

Spät gegen Abend erreichten sie das Dorf Tatvan, mitten im kurdischen Gebiet. Sofort hatten sie ein unangenehmes Gefühl, das sie aber nicht einord-nen konnten. Der Campingplatz, den sie sich auf der Karte ausgesucht hatten, lag inmitten eines unbeschreiblichen Müllhaufens und es stank furchtbar! Die Straßen waren voller Schlaglöcher und am Straßenrand, in den Teehäusern, saßen sehr gefährlich aussehende, ungewaschene Männer. Die Stadt strahlte eine gefährliche Atmosphäre aus!

„Patrick, es ist unheimlich hier!", sagte Marie und schauderte.

„Ja, wir müssen hier unbedingt ein gutes Hotel finden. Weiterfahren will ich im Dunkeln eigentlich nicht", meinte Patrick und sie bemühten sich, ein passendes Hotel zu finden.

Sie waren die einzigen Fremden in der Stadt und wurden mit misstrauischen und feindseligen Blicken gemustert. Dann endlich fanden sie das Hotel. Es muss früher die Hafenresidenz gewesen sein, denn es war im alten Kolonialstil erbaut. Es machte einen sehr guten Eindruck und lag direkt an der See mit einem Vorhof, auf dem Palmen und andere schöne, blühende Pflanzen standen. Als dann auch noch eine Dusche mit kaltem *und* warmem Wasser vorhanden war, freuten sie sich sehr. Oben im zweiten Stock lag das Zimmer mit direktem Blick auf die See, und sie tranken erst literweise kalte Coca Cola und spülten den Staub aus den trockenen Kehlen. Allmählich erholten sie sich von ihrem Schrecken.

„Hier muss irgendwo in der Nähe der vulkanische Berg ‚Nemrut Dag' sein", sagte Patrick, während er in einer geologischen Karte die Umgebung studierte. „Das ist etwas ganz Besonders und wir sollten es uns nicht entgehen lassen. Ich will mal sehen, ob sie uns hier auf Englisch verstehen."

Der Kellner, der ihnen eine Flasche Coca Cola nach der anderen brachte und dann ein herrliches Fischgericht auftischte, verstand und sprach tatsächlich Englisch. Sie luden ihn ein, bei ihnen zu sitzen und von der Stadt und der Umgebung zu erzählen.

Sehr früh am nächsten Morgen verabredeten sie sich dann mit ihm in einem Taxi, um den Nemrut Dag zu besichtigen. Hassan, so hieß der neue Freund, erzählte, dass der Nemrut Dag die geologische Attraktion der ganzen Gegend sei, aber die Straßen dorthin wären sehr schlecht. Sie bestanden aus vulkanischen Schlacken, sodass er davon abriet mit ihrem eigenen Bus zu fahren.

„Das haben wir doch schön geregelt", sagte Patrick zufrieden, während er an seiner Pfeife sog. Sie saßen auf ihrer Terrasse, tranken einen Wein und schauten auf die See, die noch die Strahlen der untergehenden Sonne spiegelte.

Dann geschah es! Ein fürchterlicher Knall, gefolgt vom Pfeifen und Zischen einer Rakete und begleitet vom Geknatter vieler Maschinengewehre ertönte! Die schöne Ruhe war vorbei. Als der erste Schreck ein wenig nachließ, gingen sie lieber früh schlafen – mit einem unguten Gefühl im Magen.

„Was war das gestern?", fragte Patrick Hassan, als sie sich um 6 Uhr früh zum Frühstücken trafen.

Hassan erzählte, dass es ein Angriff der Kurden im Irak war und die Polizeistation, nur 200 Meter hinter dem Hotel gelegen, getroffen worden sei. Ein Kind wurde getötet.

Später, als sie längst in Sicherheit waren, erfuhren sie, dass gerade ihr Hotel der Ausgangspunkt war für eine Entführung von fünfzehn Touristen, die sich doch noch eingefunden hatten. Sie hatten tatsächlich nichts weiter als Glück gehabt.

„Wir dachten es sei euer ‚Curban Bayram', das Opferfest", sagte Marie ein bisschen naiv. „Da werden dann doch auch Feuerwerksraketen abgeschossen?"

„Du hast doch gehört, dass das keine Feuerwerksraketen sein konnten. Es war doch alles viel zu laut", tadelte Patrick sie leise.

„Ich dachte ja nur...", gab sie klein bei und realisierte plötzlich mit einem Schaudern, in welcher Gefahr sie sich gestern Abend befunden hatten. Und sie dachte, es wäre harmlos. Wahrscheinlich wollte Patrick sie nicht in Angst versetzen. Er hatte überhaupt nicht gezeigt ‚wie beunruhigt er war!

„Was ist denn jetzt?", fragte Patrick. „Ist alles vorbei?"

„Ja", antwortete Hassan. Sein Bruder, der bei der Polizei sei, erzählte, sie hätten vier Terroristen erschossen. Die Gefahr sei vorüber.

Sie warteten ziemlich lange, bis das Taxi endlich erschien, mit dem sie zur Besichtigung der Krater fahren wollten. Patrick wurde schon ärgerlich, weil das tolle Morgenlicht, das er zum Fotografieren brauchte, nur kurz die richtige Beleuchtung bot.

Hassan kannte den Taxifahrer und merkwürdigerweise fühlten sie sich ganz sicher, obwohl die Nacht doch so bedrohlich war. Sie dachten überhaupt nicht daran, dass etwas geschehen könnte.

Das Tageslicht brachte die ganze Hässlichkeit und Bedrohlichkeit der Stadt wieder zum Vorschein. Es wimmelte von Polizei, Militär und von Kindern.... Dreckig und verwahrlost, rannten sie einem überall vor die Füße. Eselchen zogen mit einem tiefen Trauerblick, schwer mit Melonen beladene Karren. In den Teehäusern saßen die gleichen wüst aussehenden Männer und schlürften ihren Tee. Es waren hauptsächlich kurdische Männer, die dort saßen. Man konnte sie von den Türken leicht dadurch unterscheiden, dass die Gesichtszüge viel schärfer waren und auch die Hautfarbe viel dunkler. Von den Frauen konnte man ja überhaupt nichts erkennen. Sie waren so stark verschleiert, dass nur die Augen durch ganz schmale Schlitze durch die Schleier blicken konnten.

Als sie aus der Stadt fuhren, kamen sie an einer Militärbasis vorbei. Hunderte von Soldaten marschierten mit geladenen Gewehren, die scharfe Munition enthielten, auf und ab. Es sah aus, als ob ein Krieg ausgebrochen war. Sie waren jetzt sehr nah an der irakischen Grenze!

Nemrut Dag

Auf einem gelben Schild stand staubig ‚Nemrut Dag‘ zu legen, und sie fuhren auf einem schmalen Schotterweg immer höher und höher.

„Oh Patrick, schau mal! Ist das nicht märchenhaft?!", rief Marie plötzlich aus, als sie oben ankamen. Ein wahrhaft traumhaftes Licht beleuchtete den ersten Kratersee, der wie ein Spiegel in einem Kleid aus Türkis da lag und die Kraterwände auf ihrer glatten Oberfläche abbildete.

Der Weg schlängelte sich weiter und führte dann an dem zweiten See entlang, dunkelbraun, mit grasenden Kühen an den Ufern. An den Hängen des Kraters glitzerte der Obsidian, der hier überall zu finden war, wie Silber. Obsidian ist vulkanisches Glas und genau so scharf.

Hassan war ein Kenner der Berge. Er erzählte, dass er öfters mit Freunden den ganzen Weg zu Fuß lief. Er zeigte Fumarolen, Stellen wo die heißen Quellen Dampf ausstießen. Der Schwefelgeruch hing schwer in die Luft. Es waren richtige Saunen, die in einer vor der Welt verborgenen Gegend lagen.

Nach einer Fahrt von einer halben Stunde, erreichten sie ihr eigentliches Ziel. See Nummer drei. Es war paradiesisch dort oben. Ein alter Kurde wohnte dort mutterseelenallein in einem Häuschen, direkt an dem See. Dieser See war wirklich der Schönste. Nur die Stimmen der vielen tausenden Zikaden und Vögelchen durchbrachen die Stille. Das Wasser war kristallklar, und sie sahen große Fische, die wie in einem Aquarium langsam ihre Runden darin drehten. Der See war reich an Pflanzen. Kleine Buchten und Inseln, umrankt mit Schilf, formten eine Idylle für Fotografen und Künstler. Es war eben das Paradies!

Plötzlich kam der Taxifahrer mit einem Gewehr zurück und begann auf die Fische zu schießen. Ein ohrenbetäubender Knall zerriss die Luft und wurde hundertmal vom Echo wiederholt. Er machte den beiden beängstigend klar, mit welchen Menschen sie es dort zu tun hatten. Diese wunderschöne, friedvolle Umgebung, in der man so nah wie noch nie an der Schöpfung war, wurde auf grausame Weise durch den Menschen zerstört!

„Wir wollen zurückgehen", sagte Patrick barsch zum Fahrer, der gerade auf dem Höhepunkt seines Spaßes war.

Es wurde jetzt eine Flucht aus den Städten, weg von den Menschen. Marie und Patrick hatten genug!

Der wunderschöne ‚Van Gölü' versöhnte sie aber schnell wieder mit der Welt. Die Reise war trotzdem aller Mühe wert – allein die Pracht der Natur und die fantastische Architektur lange vergangener Jahrhunderte würde ihnen unvergessen bleiben.

Auf dem Weg zum Dörfchen Ahlat kamen sie an einem alten Friedhof mit sehr interessanten Grabsteinen aus seldshukischem Zeitalter vorbei. In jeder der vier Ecken des Friedhofes standen Kuppelgräber, die aus zwei Stockwerken bestanden. Diese Art von Gräbern wurden ‚Türbe' genannt und waren verziert mit Reliefs, mit Inschriften und Pflanzenmotiven. Sie entstanden alle um das Jahr 1000, und der Fries gab in schönster Kalligraphie Auskunft über die Namen der Verstorbenen. Reiche Emirs und Pashas.

Während Patrick noch seine Fotos machte, erschienen ein paar kurdische Kinder wie aus dem Nichts und bettelten darum, fotografiert zu werden. Sie hingen an Marie und der Gestank von ungewaschenen Körpern und Kleidern war fast unerträglich, doch Marie stand brav still und ließ sich mit ihnen fotografieren.

Fotosession mit Kurdenkindern

In einem kleinen Museum, in dem sie die weiteren Reichtümer der Epoche besichtigten, staunten sie über die filigranen Kunstwerke aus Gold. Als sie sich einfach ein wenig ausruhten, trafen sie auf einen jungen, türkischen Studenten, der sie in perfektem Deutsch fragte, ob er behilflich sein darf. Er sagte, er hätte einen Campingplatz in der Nähe und ob sie ihn nicht besuchen wollten, dann könnten sie sich weiter unterhalten.

Der Campingplatz des jungen Mannes war absolut das, was sie sich die ganze Zeit erhofft hatten. Schön, modern, aber in seldshukischem Stil mit Natursteinen gebaut. Er lag direkt am See. Auch hier waren sie die einzigen Gäste.

„Ich heiße Bulut", sagte der neue Freund, als er ihnen einen „Çay" reichte.

„Das heißt doch ,Wölkchen' nicht wahr?", fragte Patrick.

Bulut war wie ein Wölkchen: sanft, ruhig und freundlich. Sie fühlten sich herrlich wohl in seiner Obhut. Als er erfuhr, dass sie gerne Fisch aßen, fuhr er zu einem Dorf, einige Kilometer entfernt und kaufte Forellen. Das waren aber auch die schmackhaftesten Fische, die sie je gegessen hatten. Zwei Tagen ruhten sie sich einfach aus, schliefen lange, schwammen im See und ließen einfach ihre Seelen baumeln...

Dann brach der Tag an, vor dem sie während der ganzen Reise schon Angst hatten. Das türkische Opferfest, ,Curban Bayram'. Zu dieser Zeit werden überall auf offener Straße Tiere von den Reichen geschlachtet und an die Armen weitergegeben. Das Fest dauert vier Tage, aber die rituellen Schlachtungen finden an den Tagen zu bestimmten Zeiten statt. Bulut war selber so ein Zartbesaiteter, dass er sehr darauf achtete, nicht plötzlich auf eine Schlachtung zu treffen, und so fühlten sie sich sicher.

Abends, als alles wieder vorüber war, fuhr Bulut mit ihnen in der Gegend herum. Er zeigte sein Dörfchen Ahlat. Hier wurde noch ein Handwerk ausgeübt, das es überhaupt nicht mehr gibt, nämlich das Stockschnitzen. Die reichen Türken, vor allem in Istanbul, gehen noch immer mit Spazierstock spazieren. Diese sind reich mit Intarsien verziert. Die Stöcke für Männer und Frauen waren unterschiedlich. Die Stöcke der Frauen hatten noch einen eleganten Griff, während die der Männer nur einen Knubbel als Griff hatten.

„Wollt ihr noch weiter fahren?", fragte Bulut, als er sah, wie viel Freude sie an seiner Umgebung hatten.

„Oh, ja, gern!", rief Marie aus. „Es ist richtig erfrischend nach den Schrecken der letzten Tage".

Bulut fuhr dann langsam durch sein Dörfchen, an kleinen, sauberen Häuschen vorbei, die alle ein niedriges, sehr schön geschmücktes Naturstein-Mäuerchen hatten. Eine schmale, sehr enge Schotterstraße brachte sie zu Höhlenwohnungen, wo bis heute noch Menschen wohnen. Es ist anscheinend sehr angenehm zu leben in diesen Höhlenwohnungen, die perfekt von der Natur klimatisiert sind, warm im Winter und kühl im Sommer.

Mit einem Gefühl von Wehmut nahmen sie von ihrem Freund Abschied und dankten ihm für eine herrliche Zeit.

Der Weg führte jetzt nach Dyarbakir, eine der heißesten Städte der Türkei. Die Geschichte dieser Stadt ist aber sehr interessant. Patrick erzählte Marie, dass das Land Haran, wo Abraham ursprünglich herstammte, etwa 3.000 Jahren vor Christus, viele Herrscher hatte, die sich immer wieder bekämpften. Als Alexander der Große Persien beherrschte, fielen auch Dyarbakir, sowie ganz Anatolien in seiner Regentschaft.

„Oh Patrick, ich halte es hier nicht aus!", stöhnte Marie als die Hitze im Bus über 55°C stieg. Ursprünglich wollten sie ein paar Tage in der Stadt bleiben und die vielen Sehenswürdigkeiten besichtigen, aber Patrick lenkte schnell ein, und sie beschlossen vor Dunkelheit den Berg ‚Nemrut Dag', den Berg der Götter, zu besuchen.

Der Weg führte an reichen Tabakplantagen und Baumwollfeldern vorbei. Dies war das Gebiet zwischen dem Euphrat und dem Tigris. Die Türken bauten einen gewaltigen Staudamm, absolut zum Ärgernis der Irakis, weil sie dadurch an Wasser einbüßten.

Sobald sie in die Nähe des Staudammes kamen, wurde es erheblich kühler und der Boden war sehr fruchtbar.

„Das lässt mich an zu Hause denken", sagte Marie, und ein leises Gefühl von Heimweh überkam sie.

„Oh, je, wie soll das funktionieren?", wunderte sich Patrick, als sie ein gewaltiges Durcheinander bei der Fähre fanden. Wartende Autos, ein Hirte mit seiner ganzen Schaf- und Ziegenherde und ansonsten komplettes Chaos. Und als sie erst die Fähre sahen...

„Da wollen wir drauf?", fragte Marie ungläubig und ihr Herz sank, als sie sah wie sie sich abmühten, alle Traktoren, Autos und Tiere an Bord zu bekommen. Es gab nur eine Planke, die sich schon tief in den Sand gebohrt hatte und spitz aufstach Alles musste darüber fahren. Sie waren klitschnass als sie endlich an Bord waren und die kühle, frische Luft genießen konnten. Dann sahen sie aber wieder deutlich, dass sie noch im Kurdengebiet waren, denn alle Männer waren schwer bewaffnet. Die Abfahrt war genauso mühsam, und es dauerte ewig, bis sie endlich wieder festen Boden unter den Rädern hatten.

Die weitere Fahrt war jedoch sehr schön. Zum ersten Mal nach der Dürre von Anatolien, sahen sie wieder sanfte Hügel mit vielen Oleanderbüschen die in Rosa und Lila blühten und einen zarten Duft zu ihnen herüber wehten. Der Weg war sehr schmal und bestand meistens aus einer Dorfstraße, auf der sich Kühe, Ziegen, Schafe, Hühner und Hunderte, ja *Hunderte* von Kindern tummelten. Das war wirklich das Schlimmste der ganzen Reise und sie fürchteten, sich richtig vor ihnen. Sobald die Kinder den Bus sahen, stürzten sie sich darauf, hingen an den Fenstern und Türen. Marie rettete sich dann nur noch dadurch, dass sie mit vollen Händen so weit sie konnte Bonbons in die Gegend warf. Die Kinder stürzten sich wie die Tiere darauf und kratzten sich fast die Augen aus. Erst dann konnte Patrick weiterfahren.

Die Euphrat lag ganz trocken da, als sie über eine uralte, römische Brücke fuhren, gebaut von Septimus Sever (193-211). Gewaltige Geröllmassen, die weit über die Ufer spülten und ganze Gegenden unter Schotter und Steinen begruben, deuteten darauf hin, dass der Fluss weit über seine Ufer trat, wenn er Hochwasser führte.

Der Pfad wurde immer enger und kurviger, und irgendwie kam er ihnen endlos vor. Wieder eine Kurve und wieder und wieder...

„Wir kommen überhaupt nicht höher!", sagte Patrick verwundert, als er auf seinen Höhenmesser schaute. Sie drehten sich anscheinend im Kreis. Irgendwie merkwürdig. Aber dann stiegen sie plötzlich wieder.

Die letzte Kurve brachte sie an den Fuß des Berges Nemrut Dag. Die Spitze des Berges liegt auf 2.150 Meter. Der ganze Kegel wurde von Menschenhand gebildet! Hier war es nur zu gut, dass sie alleine waren, denn zwei Autos konnten unmöglich aneinander vorbei. Die Straße bestand noch aus dem ursprünglichen römischen Kopfsteinpflaster. Das Fahren war sehr gefährlich. Nach einer Weile konnten sie endlich im letzten Licht des Tages die Spitze sehen.

„Wir schlafen einfach im Bus", sagte Patrick, der todmüde von der anstrengenden Fahrt war. „Wir sind wieder allein und müssen um 4 Uhr aufstehen, um das erste Sonnenlicht zu haben."

Es gab nur drei kurdische Wärter, die sie sehr freundlich empfingen und gleich einluden, mit ihnen zu essen. Es war ein einfaches Mal, wobei jeder mit den Fingern in einen gusseisernen Topf griff und eine Art Polenta herausholte. Frisches, in Stücke gerissenes Brot wurde dazu gereicht. Die Männer teilten einfach, was sie hatten. Es war bereits so dunkel, dass sie nicht mehr sehen konnten, was sie aßen, aber es schmeckte trotzdem.

Am frühen Morgen gegen 5:30 Uhr begannen sie mit ihrer Kletterpartie. In der Nacht waren noch ein paar Autos dazugekommen. Plötzlich waren etwa 50 Menschen da. Sie hatten aber glücklicherweise etwas anderes im Sinn, und das war ein unbeschreibliches Glück, allein im ersten Licht der aufgehenden Sonne den Gipfel zu erreichen.

„Der Tag meiner Geburt soll jedes Jahr gefeiert werden. An diesem Tag wird der Priester für die Götter und mich goldene Kränze auf die Häupter der Statuen, der Götter und meiner Statuen legen. Er wird liebliche Düfte in den Wind streuen, Tiere opfern und die heilige Tafel mit herrlichen Speisen und Getränken versehen. Mein Volk wird in Fülle speisen."

Diese Inschrift prägt an einer 50 Meter hohen und 150 Meter breiten, konischen Spitze eines Tumulus und derjenige, dem dieser Spruch gewidmet ist, ist der König des Reichs der Kommagene, König Antiochos Epiphanes I. Der König regierte bis 72 v.Chr., bis das Reich unter das Joch der Römer fiel. So, wie viele Völker in diesen Jahren, die Perser, Makedonier und viele hellenistische Könige, hielten auch die Könige der Kommagene sich für Götter und befahlen, dass ihr Volk sie mit Opfergaben verehrte.

Oben sahen Marie und Patrick dann ein unglaubliches Schauspiel. Das erste Licht der Sonne fiel auf 9 bis 10 Meter hohe Statuen von Löwen, Adlern und Königen. Manche waren bereits umgestürzt und lagen wie gefällte Riesen auf dem Plateau. Die Köpfe zeigten die Einflüsse vieler verschiedener kultureller Strömungen. Patrick erklärte ihr die Eindrücke der hellenistischen, griechischen und römischen Mythologien. Sie hatten das Gefühl, wirklich auf geweihter Erde zu sein.

Kapitel VII

Die Rückreise

Am frühen Morgen, nach einem guten Frühstück, traten sie die Rückreise an, jedoch war es noch eine lange Strecke. Erst nach vierzehn Stunden erreichten sie endlich die Küste und fuhren durch Adana nach Silifke. Durch das türkische Bayram-Fest waren die Städte übervoll, und alles war geschlossen. Jetzt herrschte tropische Hitze und die Schwüle trieb den Schweiß in Strömen über die Haut. Die Müdigkeit und das enttäuschende Aussehen einer einst so reizvollen Küste, verschandelt mit einem Hochhaus und Wohnblock nach dem anderen, ließ die Laune immer trüber werden.

Endlich erreichten sie einen Campingplatz, schön am Meer gelegen, aber übervoll von Türken, die ein langes Wochenende feierten. Sie hatten jetzt schon stundenlang kein Wort mehr miteinander gesprochen. Sie nahmen sich jetzt wortlos in die Arme. Nicht mal dort konnten sie wegkommen von dem ewigen Geröhre der Fernseher und Radios, aber die Müdigkeit war zu groß und sie schliefen ein, ohne auch etwas gegessen zu haben.

Am nächsten Morgen als Patrick noch schlief, ging Marie zum ersten Mal im Meer baden. Es war herrlich! Das Wasser hatte um die 25°C und war sehr salzig. Sie lag einfach auf dem Rücken und ließ sich von den Wellen fast in den Schlaf wiegen. Das Wasser war kristallklar. Tief unten konnte sie Fische sehen.

Als sie zurück kam, wurde ihr warm ums Herz. Ihr geliebter Mann lag im Bus, dessen Türen offenstanden. In seinen Armen war ihm ein Kätzchen zugesprungen. Es lag jetzt in der Beuge seines Ellenbogens. Ob er überhaupt mitbekommen hatte, dass das Kätzchen zu ihm kam?

Der Campingplatz war sehr schön, kühl zwischen alten Bäumen, mit wunderschönen tropischen Pflanzen, aber sie wollten jetzt weg. Es war einfach zu schwül an der Küste.

Konya

Zum ersten Mal waren sie auf Straßen, die sie noch aus der Zeit kannte, als sie mit ihrem verstorbenen Mann reiste. In Konya wollten sie mindestens fünf Tage ausruhen, bevor die echte Rückreise begann.

Konya war noch grüner als damals. Es musste viel geregnet haben.

Sie fanden ein schönes Hotel, direkt gegenüber der Moschee und einer Parkanlage, etwas außerhalb von Konya gelegen. Zum Glück hatten sie auch ein Bad und zum ersten Mal seit vier Tagen, konnten sie sich wieder waschen und saubere Sachen anziehen. Sie fühlten sich wie neugeboren.

Auch Patrick war schon mal dort gewesen, aber das war lange, lange her. Trotzdem fand er ziemlich schnell den Bazar, wahrscheinlich einer der schönsten auf ihrer Reise. Sie freuten sich über die orientalischen Gerüche und die fröhliche Farbenvielfalt.

In einer Straße waren nur Drucker. Sie benutzen noch die uralten heidelbergischen Druckmaschinen der Vorkriegszeit.

Patrick bestellte sich Visitenkärtchen, die in altem Bleisatz gesetzt wurden und während sie warteten, tranken sie ‚Çay' und Patrick rauchte friedlich sein Pfeifchen.

In einer anderen Straße saßen nur Kupferschmiede, wie in einem eigenen Städtchen. Das fröhliche Gehämmer und das Lachen der Männer, war wie der Blick in eine andere Welt.

Vor einer Kupferschmiede

Dann trafen sie auf eine Straße, in der nur Weber saßen, wie im Mittelalter. Das Geklacker der Webstühle war über die ganze Straße zu hören.

Sie befanden sich jetzt im vulkanischen Gebiet, wo ihr Mann früher sechs Monate lebte und arbeitete. Er erzählte ihr so viel von dieser Umgebung, dass sie ihn jetzt darum bat, den Vulkan zu erklimmen. Er sagte gern zu, und sie nahmen seine komplette Kameraausrüstung inklusive Stativ mit.

Nach einer sehr staubigen und heißen Fahrt erreichten sie den ersten Vulkankegel, aber das Hochklettern war gar nicht einfach. Die Vulkanschlacke war sehr rutschig. Sie kamen mit der schweren Ausrüstung, die ein Gewicht von 15 Kilogramm hatte, nur schwer voran. Wie ein Krebs, ein Schritt vorwärts, zwei zurück.

Als sie dann aber endlich den Gipfel erreichten, wurden sie belohnt mit einem unbeschreiblichen Blick in die Ferne. Während sie auf dem Rand des Kraters saßen, war kein einziges Geräusch zu hören. Es fehlte jedes Gezirpe eines Insekts. Kein Geräusch aus der Ferne, einfach Nichts war zu hören, außer dieser Stille.

Sie fühlten sich sehr klein und der Schöpfung sehr nah.

Weit unten entdeckten sie noch einen Vulkan, der wie eine Insel in einem Kratersee lag. Sie entschieden, dass sie in diesem See schwimmen wollten, wenn sie wieder unten waren.

Der Abstieg war einfach und sie kamen sehr schnell nach unten, da sie einfach den Hang runterrutschten. Unten angekommen, suchten sie nach dem See, den sie von oben gesehen hatten. Schweißtriefend erreichten sie einen wundervollen Kratersee.

Marie riss sich ihre Kleider vom Leib und schwamm völlig nackt rund um den Kegel. Da es in den Niederungen extrem heiß war, brachte das leider nicht viel Abkühlung, und als sie sich wieder anzog, war sie so nass wie vorher.

Ein Kratersee zum Baden

Das Kloster Alahan

Etwa fünfzig Kilometer außerhalb von Konya, lag das Kloster Alahan. Das war ihr nächstes Ziel.

„Es sieht ja ganz aus wie bei uns in der Karoo!", rief Marie erfreut aus, als sie durch eine Landschaft mit steppenartigen kleinen Büschen, die wie Puderquasten verstreut auf dem Sand lagen, fuhren. Ein Paradies für kleine Erdmännchen, die so schnell über die Straßen rannten, dass sie nur als Wollbällchen zu sehen waren.

Die Vulkanlandschaft, die sie jetzt stetig höher brachte, war trocken und ohne einen Grashalm, aber sobald sie die Spitze erreichten, wurde es kühler und auch wieder grüner.

Jetzt säumten Imkerhäuschen, die in einem Blumenmeer von vielfarbigen Feldblümchen lagen, die Straßenränder. Dies war das Gebiet des ‚Tals mit tausendundeiner Kirche' (*Bin bir Kilesi*), und viel früher muss es ein wahrer kultureller Höhepunkt gewesen sein. Das ganze Tal und die Berghänge waren damals mit Laubbäumen bepflanzt und Hunderte von Kirchen, alle in georgischem Stil mit Kuppeldach, verzierten die Vulkanhänge. Jetzt war nichts mehr davon übrig. Die Bevölkerung hatte in mühsamer Arbeit die schön geschmückten Felsblöcke aus den Kirchen ausgebrochen und baute damit ihre Häuser und auch die Ställe. Es war ein trauriger Anblick, einen Ziegenstall mit georgischen Ornamenten zu sehen.

Oben auf dem Vulkan war die frischeste Luft, die man überhaupt einatmen konnte. Ein fantastischer Blick in die Ferne belohnte sie für die mühsame Kletterei. Ein kleines Dörfchen mit nur zwanzig Einwohnern, die ohne Wasser und Strom dort lebten, sich noch nie nach modernen Dingen gesehnt hatten und nur von einem bisschen Landwirtschaft und der Imkerei lebten, betonten, dass sie sich wohl bewusst waren, wie glücklich sie sind.

Es war nicht so einfach, das Kloster zu finden. Es gab nur noch Feldwege und vielmals verirrten sie sich. Endlich fanden sie den Weg und stiegen den Berg hoch, um belohnt zu werden mit dem Besuch der Ruine von einem Kloster, das früher Hunderte von Mönchen beherbergte. Jetzt waren nur noch die Mauerreste übrig, aber mit gut erhaltenen Inschriften und christlichen Motiven.

„Oh, hier müssen wir erst mal bleiben!", rief Marie entzückt aus und hatte schon ihren Skizzenblock auf den Knien. Patrick lief herum und fotografierte nach Herzenslust. Es war schön kühl zwischen den Bäumen, und die Zeit verflog wie im Traum.

Catal Hüyük

Über Bozkir und Cumra führte die Reise weiter und brachte sie zu der ältesten Stadt der Welt, ‚Catal Hüyük'.

Auf einem Areal von 125.000 m² und etwa 250 Kilometer von Konya entfernt, lagen die Reste der ältesten neolitischen Stadt der Welt. Sie wurde 1958 von dem Engländer, James Mellaart, entdeckt. Diese archäologische Entdeckung brachte Objekte zu Vorschein, durch die der außerordentlich hohe Stand der neolitischen Kultur in der alten Welt bekannt wurde. Es wurde damals mit Lehm gebaut. Die Reste waren so gut erhalten, dass sogar hölzerne Leitern, die von einem Stockwerk zum anderen führten und auch Backsteinpfosten, die rot bemalt gewesen waren, noch zu sehen waren. Die Häuschen wurden so gebaut, dass sie einander stützten, aber von außen gesehen, wie eine Art Mauer da lagen. Dadurch erweckte die ganze Stadt den Eindruck eines Forts. Innerhalb dieser Mauern fanden Kulthandlungen statt, und die Überreste von Terrakotta Reliefs (die Mutter der Götter, Stierköpfe, Frauenbrüste und Leoparden) und wundervoll bemalte Mauerfresken zeugten von dem hohen Stand der Kultur. Die Figur der Gottesmutter war ein Fruchtbarkeitssymbol.

„Das darf doch nicht wahr sein!", rief Patrick enttäuscht aus. Von den Mauerresten war kaum noch etwas übrig. Vor zwanzig Jahren hatte er Catal Hüyük zuletzt gesehen und auch darüber einen Bericht in einer Zeitschrift geschrieben, aber bei jedem Regen wurde die alte Lehmmauer Stückchen für Stückchen weggespült. Die türkische Regierung hatte das Areal nicht mal schützend überdeckt!

Dann entdeckten sie ein Wächterhäuschen und es stellte sich heraus, dass der alte Türke der dort wohnte, tatsächlich noch James Mellaart kannte und einer seiner archäologischen Mitarbeiter war. Er sprach ein wenig Deutsch.

So konnten sie sich mit ihm unterhalten und erfuhren ganz interessante Sachen. Sein Häuschen war sehr ärmlich, aber gemütlich. Er lud sie auch gleich zu einem ‚Çay' ein. Er zeigte archäologische Karten, die noch in seinem Besitz waren und erzählte von Mellaart. Sechsunddreißig Jahre hatten sie zusammen gearbeitet. Er war maßgeblich bei den Ausgrabungen dabei gewesen, als einer Art Vorarbeiter. Aber Mellaart machte einen sehr schwerwiegenden Fehler. Er wollte einige der Objekte die sie fanden, ohne das Mitwissen der türkischen Regierung außer Landes bringen und in England ins Museum stellen. Er wurde erwischt! Sofort wurde ihm verboten, das Land je wieder zu betreten und alle Ausgrabungen wurden sofort gestoppt. Das war dann auch das Ende von Catal Hüyük.

Einerseits enttäuscht, aber andererseits sehr bereichert von dem Gespräch mit dem alten Mann, fuhren sie wieder nach Konya zurück.

Abends machten sie noch einen Spaziergang in der Nähe des Hotels und der Moscheen. Der monotone Klang einer Stimme, die eine Art Spruch aufsagte, der immer wiederholt wurde, machte sie neugierig und brachte sie schließlich zu einem Busbahnhof.

Das wurde ein interessantes Erlebnis und sie setzten sich einfach auf ein Mäuerchen um das Geschehen zu beobachten. Sechzehn Luxusbusse standen versetzt in einer Reihe und warteten auf den Moment, in dem sie losfahren konnten. Es war ein Gewirbel von Menschen die durcheinander liefen und rannten, ein Geschrei, Hühner und Vögelchen piepsten in Käfigen und alles wartete auf einen Befehl. Mit jeder vollen Stunde, wie von einer Geisterhand bewegt, fuhren plötzlich alle Busse gleichzeitig ab. Nummer eins, sofort gefolgt durch Nummer zwei usw. Innerhalb einer Minute war alles leer. Kein Mensch war mehr zu sehen! Aber genauso schnell, als ob sie unsichtbar dirigiert wurden, waren sie alle wieder da. Die Menschen, die Busse, der Lärm. Sie saßen zwei Stunden dort und genossen dieses merkwürdige Schauspiel.

Abends geschah etwas sehr Schreckliches. Nachdem sie gut gegessen hatten, gingen sie recht früh zu Bett. In der Nacht wurde sie wach mit entsetzlichem Schmerzen im Oberbauch. Sie bekam überhaupt keine Luft mehr. Es fühlte sich für sie an, als ob sie ersticken würde! Mit ihrer letzten Kraft rief sie ihren Mann zur Hilfe. Er rannte sofort nach unten zur Rezeption und glücklicherweise konnte der junge Mann der dort Dienst tat auch Englisch. Es wurde sofort nach einem Arzt geschickt. Der kam dann auch gleich. Patrick hat ihr schnell etwas angezogen, denn sie schliefen in dieser Hitze fast immer nackt. Als der Arzt sie untersuchte wurde ihr nach der Vergabe einer Spritze so furchtbar schlecht, dass sie sich über das ganze Bett erbrach. Der Arzt bestellte sie am nächsten Tag in seine Praxis zu weiteren Untersuchungen und meinte, es wäre eine Gastritis.

Den darauffolgenden Tag suchten sie den Arzt in seiner Praxis auf. Sie kamen in dunkle schlecht riechende Räumen hinein und wurden von einem langsam auf Pantoffeln schleichenden Mann begrüßt. Der brachte erst einen ‚Çay'. Daraufhin sollte sie in das Zimmer des Arztes kommen. Er stellte sie hinter ein Gerät das aussah, als ob es aus dem vorigen Jahrhundert stammte. Wahrscheinlich stimmte es sogar. Minutenlang ließ er sie hinter einer Wand stehen und durchleuchtete sie. Er freute sich, ihre lebenden Organe zu sehen. Er durchleuchtete sie gründlich, meinte aber dann, alles sei in Ordnung.

(Später als sie wieder zu Hause bei einem Arzt war, kam die richtige Diagnose raus. Hyperventilation. Das war das Ergebnis von der furchtbaren Angst, die sie im Bus erlebte, als Jusuf mit seinem großen Lastwagen die Straße absperren wollte. In einem Traum hatte sie vermutlich alles noch einmal erlebt.)

Am nächsten Tag war dann die Rückreise geplant. Sie fuhren früh, aber herrlich ausgeruht zurück über Afyon, wo Felder an Felder von wunderschönen Mohnblumen den Weg säumten. Die Türken kultivieren immer noch Mohn für ihre Opiumpfeifen.

Es war immer noch sehr heiß, als sie Izmir an der Küste erreichten. Die Stadt kündigte sich durch den entsetzlichen Gestank wie offene Kloake an. Die Millionenstadt hatte keinen Abwasserkanal und das Abwasser strömte einfach in das Meer hinein, das nichts mehr von dem schönen blauen Golf von Izmir hatte, sondern jetzt eine braune stinkende Brühe war.

„Oh, lass uns hier bloß schnell weggehen", rief Marie aus, als es ihr schlecht wurde von dem Gestank und der Hitze.

Der Pergamon Altar

Jetzt wurde die Landschaft immer schöner, als sie an einer herrlichen unberührten Küste entlang fuhren, überall mit kleinen Felsbuchten, mit blühendem Oleander bespickt.

Es wurde schon wieder ziemlich spät, als sie ihr Ziel, das Dörfchen Bergama, erreichten. Dort wollte Patrick ihr den Pergamon Altar zeigen, der als achtes Weltwunder beschrieben wird. Da die Anlage bereits geschlossen war, mussten sie mühsam, mit ebenjenen 15 Kilogramm Kameraausrüstung bepackt, den Berg erklimmen. Überall mussten sie sich durch Stacheldraht zwängen, aber die ersten Erscheinungen, die jetzt sichtbar wurden, spornten sie richtig an.

Die Entdeckung Pergamons geht zurück auf das Jahr 1871, als eine Gruppe wissenschaftlicher Entdeckungsreisender auf den Deutschen Carl Humann stießen, der bereits dabei war, Kalksteinreliefs aus den türkischen Kalköfen vor der Pulverisierung zu retten. Humann war direkt vom türkischen Sultan beauftragt, eine Straße an der Küste zu bauen, als er oben am Berg die Relieffunde machte. Kaum wusste er, dass er dabei war, eine der berühmtesten Entdeckungen zu machen und dass unter seinen Füßen der weltberühmte Pergamon Altar zum Vorschein kommen würde. Humann selber war begeistert und interessiert an allem, was mit dem Altertum zu tun hatte, und der Besuch der Entdeckungsreisenden, die auch noch Archäologen waren, versetzte ihn in große Aufregung. Insgeheim hatte er immer gehofft, ein großer Archäologe zu werden. Und tatsächlich, unter der Leitung von Humann fingen die Ausgrabungen dann auch an. Die Fundstücke, prächtige Mosaiken, Fresken, verschiedene Büsten und Vasen landeten im Museum in Berlin und später in Ost-Deutschland. Unter Humanns Leitung kam bei den Ausgrabungen eine ganze Stadt zum Vorschein. Bis heute sind diese Ausgrabungen noch nicht abgeschlossen.

Als Marie und Patrick sich an den noch sehr sehenswürdigen Resten satt gesehen hatten, kehrten sie zurück, um eine Straße zu entdecken, die die mühsame Kletterpartie von vorhin lächerlich machte. Auf jeden Fall konnten sie jetzt bequem nach unten laufen. Die herrliche, stille Landschaft mit silberglänzenden Olivenbäumen konnte sie genießen, mit der noch ewigen Gezirpe der Zikaden in den Ohren.

Der Weg führte jetzt nach Norden, nach Canakkale, von wo aus sie eine Fähre nehmen mussten. Canakkale war eine typische Hafenstadt, groß und laut und sie mussten eine Stunde warten, bevor die Fähre ablegte. Die Überfahrt war aber problemlos, und sie blieben einfach im Bus sitzen. Dann waren sie wieder in Europa.

„Was sollen wir machen?", fragte Patrick Marie, als sie sich immer noch nicht entschließen konnten, wie die Rückreise stattfinden sollte. Die Unruhen auf dem Balkan hatten jetzt ihren Höhepunkt erreicht. Die jugoslawische Grenze war dicht. Es gab zwei Möglichkeiten, entweder über Bulgarien, Rumänien und Ungarn zu reisen – aber die Wahrscheinlichkeit, rechtzeitig ein Visum zu bekommen, war sehr gering, - oder den viel längeren Weg über Griechenland zu nehmen.

„Lass uns über Griechenland fahren", entschied Marie und hoffte insgeheim, die Erinnerungen aus den Reisen mit ihrem verstorbenen Mann wieder aufleben zu lassen.

„Gut, mir soll es Recht sein", stimmte Patrick zu, und sie fuhren weiter.

Als sie an die Grenze kamen erlebten sie eine lächerliche Geschichte.

Niemand schien zu wissen, was von ihm verlangt wurde, und bevor sie es merkten, waren sie bereits auf der anderen Seite, aber ohne Überprüfung der Pässe. Ein freundlicher Offizier schickte sie dann wieder zurück, um von vorne anzufangen!

In einem großen leeren Saal saß ein Männchen über ein Kreuzworträtsel gebeugt und war sichtlich genervt, gestört zu werden. Schwalben flogen ein und aus, und der ganze Saal ertönte von ihren lieblichen Rufen. Das, was gerade eine Viertelstunde dauern sollte, dauerte über eine halbe. Das Männchen musste erst das Wort für sein Kreuzworträtsel finden, bevor es endlich mit einem lauten Knall seinen Stempel in ihre Papiere setzte.

„Wir sind in Griechenland", sagte Marie träumerisch. Das Land hatte für sie so viele schöne Erinnerungen…

Sie wollten über Thesaloniki und Katerni nach Larissa fahren und von dort landeinwärts Richtung Meteora Klöster.

Der Weg kletterte jetzt steil nach oben und die Berge verloren ihre grüne Pflanzenpracht um jetzt in kahlen, senkrechten Felswänden zu enden. Ganz oben, wie in einem Adlernest gebettet, mit dem weiten Blick über dem Tal gerichtet, lagen die Klöster. Früher musste es an die dreißig Klöster gewesen sein, die sehr schwer erreichbar waren. Jetzt waren nur noch fünf Klöster übrig und diese wurden als Sehenswürdigkeit von vielen Touristen besucht. Eines der Klöster ist nur über eine Seilwinde mit Körbchen erreichbar.

Es war ein trauriger Anblick, die einst so stolzen Mönche als Fremdenführer zu sehen!

„Ach, das macht mich nur traurig", sagte Marie und drängte darauf, weiterzufahren.

Ganz oben am Berg, bevor es wieder hinunter ging, lag das nächste Ziel, Ionannina.

Die Stadt lag direkt an einem See und wurde 1890 – als Lord Byron der Einladung des türkischen Ali Pashas folgte – eine türkische Stadt, und bis zum heutigen Tage gibt es immer noch einen türkischen Kern mit Moschee. Es war so pittoresk, dass man sich ohne Mühe vorstellen konnte, wie es damals ausgesehen hat mochte. Der Turban wurde auf Befehl von Ata Türk aus der Kleidertracht verbannt, aber es war trotzdem noch deutlich, wer sich zur türkischen Bevölkerung in Ionannina zählte.

Entlang der alten Stadtmauer und des Palastes des Wesirs lief eine der schönsten Alleen, die sie jemals gesehen hatten. Die alten Bäume wurden vermutlich noch vom Sultan gepflanzt und formten jetzt ein Dach über der Straße, die noch aus Kopfsteinpflaster bestand. Das Dach war so dicht, dass nicht ein einziger Lichtstrahl hindurch drang. Es war herrlich kühl unter den Bäumen. Verschiedene kleine Fischrestaurants lagen an der Straße, und von dort konnte man die Silhouette der alten Moschee mit ihrem Minarett, das sich im Wasser des Sees spiegelte, sehen.

Durch eine Öffnung in der alten Mauer, kamen sie plötzlich in eine andere Welt. Schmale Gässchen, nur schwach mit Gaslicht erleuchtet, schlängelten sich zwischen uralten Häuschen entlang. Überall saßen Kätzchen und gingen ihren geheimnisvollen Philosophien nach.

Die schöne Reise ging nun schnell zu Ende. Die Überfahrt mit der Fähre von Igouminitsa nach Brindisi war nur laut, schmutzig und ermüdend. Die Fahrt über Milan, Chiasso und durch die endlosen Schweizer Tunnel, löste eine tiefe Sehnsucht nach „Waterfalls", Stinnie und dem Kätzchen aus...

„Wollen wir den Bus abgeben und mit dem Zug weiter?", fragte Patrick, der auch mehr als genug von der ewigen Fahrerei hatte.

„Ja, das ist eine gute Idee", stimmte Marie zu und freute sich darauf, nicht mehr die anstrengenden Fahrten auf der Autobahn mitmachen zu müssen.

Sie fanden dann auch eine gute Zugverbindung mit Schlafwagen und konnten einigermaßen ausgeruht rechtzeitig in Hamburg wieder an Bord gehen.

Ihr Schiff lag schon da. Sie konnten ohne weiteren Aufenthalt einchecken und ihre Kabine aufsuchen. Die Gleiche wie bei der Hinfahrt. Sie fielen sich müde und erleichtert in die Arme und schliefen viele Stunden.

Kapitel VIII

Waterfalls

Das Herzklopfen war wieder da. Langsam ragte aus den Wolken der Tafelberg heraus. Südafrika! Ihre Heimat! Sie klammerte sich an Patrick, der still neben ihr stand und seine Pfeife rauchte, aber sie fühlte an dem leichten Zittern seines Arms, dass er genauso gerührt war wie sie.

„Mein Mädchen", sagte er zärtlich und legte seinen Arm um sie. „Wir sind wieder zu Hause."

Ihr Bruder war gekommen, um sie abzuholen und sie freute sich so, sein geliebtes Gesicht zu sehen.

„Wir haben so viel zu erzählen", sprudelte sie los.

Er nickte auf seine alte, ruhige Art. „Wir haben viel Zeit, Marie", sagte er und fuhr los.

Die Weinberge, Stellenbosch und der Weg zum Staudamm, schnürten ihr die Kehle zu, und die Freude war so überwältigend, als sie Stinnie und ihren Mann, mit ihren beiden Pferden und den Eselchen sah. Und dann war sie wieder auf ihrer geliebten Farm mit den Pieken in den Hintergrund, der ‚Sunporch' und dem schwarzen Wasser des Stausees.

„Wo ist mein Kätzchen, Stinnie?", fragte sie ängstlich, als sie nicht begrüßt wurde.

„Komm mal mit", sagte Stinnie geheimnisvoll und führte sie zu dem alten Badezimmer aus ihrer Kindheit.

Unten im Schrank, wie viele Jahre und viele Kätzchen zuvor, lag das Kätzchen zufrieden schnurrend mit sieben kleinen Wollknäueln, die sie geduldig säugte

„Mirr", sagte das Kätzchen.

Über die Autorin

Elizabeth Kott wuchs in den 1950er Jahren in Südafrika auf, wo sie eine glückliche Kindheit erlebte. Ihre Sprache ist Afrikaans. Das Buch (in Deutsch und Englisch) entstand zuerst als Vergangenheitsbewältigung, um den Verlust ihrer Farm und Heimat zu verarbeiten, dann wurden fiktive Themen als Roman eingefügt.

Als junges Mädchen wurde sie aus der schönen Umgebung von Stellenbosch in die raue Wirklichkeit des südlichen Schwedens gebracht wo sie zuerst die Sprache lernen sollte. Über viele Umwege kam sie nach Holland, dann nach Belgien, um im erwachsenen Alter wieder nach Südafrika zu gehen. Allerdings blieb sie nicht dort, sondern kam wieder nach Europa zurück. Mit ihrem deutschen Mann war sie 35 Jahre glücklich verheiratet, bis er unerwartet an einem Herzstillstand starb.

Die Autorin beschreibt den Verlust ihrer Heimat. Ihre Kindheitserinnerungen führen den Leser in das Südafrika der 50er Jahre. Die Naturbeschreibungen erwecken beim Leser den Wunsch, selbst dieses wunderschöne Land zu besuchen. Viele Tierschilderungen, vor allem von Katzen, runden die Beschreibungen auf liebenswerter Weise ab.

Die Schilderung ihrer Türkeireise stammt aus Tagebuchaufzeichnungen, als sie mit ihrem verstorbenen Mann die Reise machten.

Über den Roman

Der Roman ist in drei Teile eingeteilt, Vergangenheit, Gegenwart und Zukunft. Die Vergangenheit führt den Leser in das Südafrika der Kindheit der Autorin, und beschreibt das unbeschwerte Leben auf der Farm, das immer wieder schöne Landschaftsbilder enthält. Sie berichtet außerdem von den Zuständen die sie selber in der Apartheid erlebt hatte. Die Autorin ergänzt ihre Erzählungen mit Fotos aus ihrer Kindheit.

Die Erinnerungen der Autorin (in Kursiv gesetzt) sind ein Flechtwerk durch den ganzen Roman.

Der fiktive Teil bezieht sich auf den eventuellen Verlust der Farm durch einen Staudamm und die Suche nach Spuren der Zerstörung im Namen des "Fortschritts".

Das Buch enthält viele autobiografische Züge. Vor allem die Reise mit ihrem verstorbenen Mann hat sie genau so erlebt. Sie benutzte dazu ihre Tagebuch Einträge.

Die Reise war wie fast alles in ihrem Leben voller Abenteuer und beschreibt eindringlich die Landschaft und Mentalität der Türken. Auch hier untermalen die Bilder, die noch von ihrem verstorbenen Mann stammen, die Geschichte.

Acht Monate unseres Lebens im
afrikanischen Busch

*Abenteuer Anekdoten Schicksale Enttäuschungen
und Absturz*

Elizabeth Kott

Weitere Veröffentlichung:
„Acht Monate unseres Lebens im afrikanischen Busch"

tredition Verlag GmbH, Hamburg
978-3-8495- 7775-9 (Paperback)
978-3-8495-7746-9 (Hardcover)
978-3-8495-7747-6

www.tredition.de

Über tredition

Der tredition Verlag wurde 2006 in Hamburg gegründet. Seitdem hat tredition Hunderte von Büchern veröffentlicht. Autoren können in wenigen leichten Schritten print-Books, E-Books und audio-Books publizieren. Der Verlag hat das Ziel, die beste und fairste Veröffentlichungsmöglichkeit für Autoren zu bieten.

tredition wurde mit der Erkenntnis gegründet, dass nur etwa jedes 200. bei Verlagen eingereichte Manuskript veröffentlicht wird. Dabei hat jedes Buch seinen Markt, also seine Leser. tredition sorgt dafür, dass für jedes Buch die Leserschaft auch erreicht wird

Autoren können das einzigartige Literatur-Netzwerk von tredition nutzen. Hier bieten zahlreiche Literatur-Partner (das sind Lektoren, Übersetzer, Hörbuchsprecher und Illustratoren) ihre Dienstleistung an, um Manuskripte zu verbessern oder die Vielfalt zu erhöhen. Autoren vereinbaren unabhängig von tredition mit Literatur-Partnern die Konditionen ihrer Zusammenarbeit und können gemeinsam am Erfolg des Buches partizipieren.

Das gesamte Verlagsprogramm von tredition ist bei allen stationären Buchhandlungen und Online-Buchhändlern wie z.B. Amazon erhältlich. E-Books stehen bei den führenden Online-Portalen (z.B. iBookstore von Apple) zum Verkauf.

Seit 2009 bietet tredition sein Verlagskonzept auch als sogenanntes "White-Label" an. Das bedeutet, dass andere Personen oder Institutionen risikofrei und unkompliziert selbst zum Herausgeber von Büchern und Buchreihen unter eigener Marke werden können.

Mittlerweile zählen zahlreiche renommierte Unternehmen, Zeitschriften-, Zeitungs- und Buchverlage, Universitäten, Forschungseinrichtungen, Unternehmensberatungen zu den Kunden von tredition. Unter www.tredition-corporate.de bietet tredition vielfältige weitere Verlagsleistungen speziell für Geschäftskunden an.

tredition wurde mit mehreren Innovationspreisen ausgezeichnet, u.a. Webfuture Award und Innovationspreis der Buch-Digitale.

tredition ist Mitglied im Börsenverein des Deutschen Buchhandels.

Zeitfracht Medien GmbH
Ferdinand-Jühlke-Straße 7
99095 Erfurt, Deutschland
produktsicherheit@kolibri360.de